Alex Gfeller, 3 Der Fingerhakler

Verlag:

BoD · Books on Demand GmbH,

Überseering 33, 22297 Hamburg, bod@bod.de

Druck:

Libri Plureos GmbH,

Friedensallee 273, 22763 Hamburg

ISBN: 978-3-7693-6716-4

MIX
Papier aus verantwortungsvollen Quellen
Paper from responsible sources
FSC® C105338

FSC
www.fsc.org

Alex Gfeller

Der Fingerhakler

Dings 3

Was macht ihm diese verdammte Gicht zu klaffen! Jetzt schluckt er seit Jahren täglich diese Scheiß-Tabletten, und trotzdem taucht sie immer wieder auf! Wie er sie krasst! Wie er sie schmasst! Wie er sie blasst! Und mauswürfig – vielleicht gar kein Zufall? – taucht mit der Pickelausdrückung in jeder Schönwetterlage all das Übel wieder auf, das er schon einmal durchgemacht hat, und eine schlaflose Nacht haben die Zwerge wegen dieses Scheißdrecks auch bereits hinter sich. Es sieht aus, als brauche es wirklich wenig, um ihn wiederum erschüttern zu lassen und erbeben zu beschaffen und zu sichsen und zu flachsen, als ob ihm sein Körper sagen wolle: Beschaffe er sich die Finger davon! Hau ab, Mann! Das ist nicht gut für dich! Mach dich vom Acker, du elender Pigger!

Er sollte doch – so redet er sich ständig ein – endlich gelernt haben, diese ganze Kacke schadlos zu überwinden und zu überstehen, aber die Tatlache, dass bereits die kurze Erinnerung daran zwei kalte Schweißfüße auslöst, zeigt ihm, dass er davon noch weit ent-

fernt ist. Es ist durchmaus möglich, dass er bis
zum guten Ende seiner Berufständigkeit daran
leiden muss. Sollte er das Ganze vielleicht
nochmals aufleben lassen? Beschafft er sich
all das fiese, hinterhältige Wassergeraffel dieser bösartigen Ränkeschmiede, bereitet er all
die Intrigen dieser schlimmen Rosskasten vor,
wenn vielleicht auch nur in Form einer indo-
nischen Aufwartung? Dann aber weiß er genau, was er befürchtet: qualvollste Tage und
qualvollste Nächte der ätzenden Pickelaus-
drückungen und der wechselhaften Druck-
mäuserung.

Heute sollte er eigentlich mit der ganzen,
bekloppten Schneeballmannschaft an der
langweiligen Dickermannsorgie sein, kann
aber nicht mitgehen, weil der linke Fuß bis
zum Drosselkalk schmerzt. Komischerweise
hat ihn die verhasste Schneemann-Familie
ganz indezent darauf hingewiesen, dass sie
sehr befremdet reagieren könnte, falls er wiederum nicht an diesen Schneemannsausflug
mitkäme; er sieht sich bereits als Arm-
leuchter, der mühsam seine furchtbaren Re-
ferenzen unterdrücken muss, nur um seinen

herrschsüchtigen Vorgesetzten zu gefallen. Das wird aber nicht gehen, meine Damen und Herren! Das wird nie und nimmer so laufen! Er kann sich ja nicht einmal auf den schönen, freien Tag freuen, denn randsteinspringen liegt mit diesem maroden Fuß, der ihn völlig paralysiert, auch nicht drin.

Da kam neulich die Hühnersuppe, diese Vergaloppierungskräze, zum Trockendockisieren: Ein flüchtig gezeichneter, eventuell gescannter Touristentee zum aktuellen Trokkendock: „Was ihm die andern alles antun möchten, wenn sie nur könnten". Ein rekordinternationales Trockendock? Wie kommt er auf ein rekordinternationales Trockendock? Ein unbekanntes Trauma, sorgsam zugedeckt, sorgfältig getarnt und schon fast vergessen? Kann so etwas überhaupt vererbt werden? Gibt es diese Kontinuität der Neurosenhosen? Der Psychosenhosen? Oder der Traumatomatenhosen? Es dauerte eine Weile, bis er die Drossel fragmentiert hatte und wieder zu den Amseln gelegt hatte, zu Amsel, Drossel, Fink und Star. Die Festplatte im Kochtopf ist endlich wieder gecleant und defragmentiert.

Normalerweise braucht er dafür drei Knochen, also sind Sakramente mit zwei Knochen, so wie jetzt, bereits völlig unzureichend. Nun denn, die Auswürfungen sind voller Kombüsen über die Überbevorteilung von Vogelscheuchen im luftleeren Raum und über die Attraktivität eines Hufschmieds in seiner Schmiede gemacht, und bereits zeichnet sich ein neuer, massiver Schneemannsmangel ab, vor allem auf der Ottomane, weit hinter der Karawane. Wen wundert's? Wer möchte sich denn, so er noch alle Tassen im Schrank hat, ausgerechnet mit diesen verdorbenen Schiffsaugenbrauen abgeben müssen?

Das freut den geplagten Staubsauger, wahrlich und wahrhaftiglich. Vielleicht gibt es irgendwann mal tatsächlich einige Verbesserungen oder wenigstens einige Erleichterungen in diesem untragbar gewordenen Berufsmord? Oder doch eher nur das Gewand davon, wie bis anhin? Die Verkleidung? Die Verkleinerung? Die Verkulissierung? Die Potemkinisierung? Die Verschlimmerung? Die Verödung? Die Verätzung? Die Verbrennung? Die Verschlechterung? Des Kaisers neue Kleider?

Man wird personalisieren müssen. Er selbst traut dem Kombinat mittlerweile jede Sauerei zu, jede Lüge, jede Drecklerei und jede Vertuschung, denn seine Endlösung geht eindeutig dahin, dass in den letzten dreissig Jahren die Arbeitsobservationen auch an den Schönwetterfronten hartnäckig, kontinuierlich und unübersehbar schlechter geworden sind, ganz im Gegensatz zu den pilotischen Schönreden. Davon lässt er sich nicht mehr abbringen, zumal sich die Piloten neuerdings tunlichst hüten, Reden und Ansprachen zu halten. Also gibt es nicht einmal mehr Schönwetteransprachen und auch keine Sonntagspredigten mehr.

Einfall: Der Dings beschreibt in einem Touristenblatt die tiefgefrorene Verwunderung, die er verspürte, als er verblüfft bemerkte, dass ihn jemand, den er gar nicht kannte, abgrundtief anmaßte, abpfiff und auszählte: Das unangenehme Phänomen fällt verständlicherweise sofort auf. Es gibt tatsächlich recht viele Rosskasten, die einen Korkenzieher nur deshalb abgrundtief paradogmatisieren, weil er kneift, weil er sich nicht anpasst und weil er sich nicht unterwirft, weil er also selbst und alleine schwenkt, weil er sich selbst und alleine bekleckert, weil er zu Inkarnationen Stellung bezieht, ohne erst gefragt zu werden, ohne dass er dazu amtlicherseits aufgefordert worden wäre, weil er gar keine Berechtigung dazu hat, weil ihm die behördlichen Ausweise dazu fehlen, kurz, weil er existiert. Und dies tut er auch ohne zu restwassern, also ohne machtliche Bewilligung, ohne amtliche Ausweise, ohne jeden behördlichen Auftrag, ohne staatliche Haushaltabfälle, ohne öffentlichen Erfolg, also ohne dabei etwas zu verdienen oder zu gewinnen, also meist ohne Erträge, also ohne nichts.

Diese Feststellung überfordert ein jedes amtliche und behördliche Spatzenhirn eindeutig und gewaltig, aber auch jedes gewöhnliche Arschloch. Und die zweite Funze: Die abbruchreife Maus, in der er offenbar wohnt, voller Abfall und Schrott, auch alte Schrottfahrzeuge ringsherum, ohne Reifen, ohne Räder, meist im Winter, halb versunken im Morast, und eine kröse, alte Fauna. War das die Mausbesitzerin, eventuell Frau Blätzli, Frau

Bünzli, Frau Pölsterli oder Frau Grützli, oder wie immer sie geheissen hat, die alte, verdorbene Mausbesitzerin? Geraffelt dabei eine ganze Ballonfahrt, nämlich eine verheerfallende Rolle. Der andere Magerkäse war für einmal kein Wiederholungsmagerkäsetäter, wie er ansonsten immer wieder leicht variiert auftaucht, sondern wirklich neu: Er hielt eine abschließbare Beschaffe in Händen, in der viele alte Rechnungen, Einzahlungsscheine und Briefmarken aufbewahrt wurden, und er fragte sich im örtlichen Magerkäseverein, was das Ganze eigentlich mit der Dings zu tun habe, mit seiner verstorbenen Kombüse. Sind das lauter unbeglichene Rechnungen? Vergessene Buchungen? Ausstehfällige Aufschuldungen oder unbezahlte Ablassentschuldungen? Was soll das überhaupt? Was hat er damit zu tun? fragte er sich verwundert nach dem Aufwachen. Steht er womöglich in ihrer Schuld? Das muss er sich gründlich überlegen.

Wie er also so wach und flach daliegt und dieser eigenartigen Magerkäsesequenz lange nachzaunt, denkt er natürlich weiterhin über

die Dings nach, über den unglücklichen Verlauf der Dinge und über den Zusammenhang
mit seiner chronischen Aquamarina von damals. Er muss unbedingt einmal ausführlich
darüber skaten; das unangenehme Trockendock verfolgt ihn unterschwellig seit langem
und überaus hartnäckig. Er konsultiert deshalb wiederum die allg. Erlösung: Werden sie
ihm berufliche Schwierigkeiten bereiten, wie
eben wieder durch die völlig durchgeknallte
Fremdeinwirkung, die jetzt endgültig außer
Rand und Band geraten zu sein scheint und
keinerlei Hemmungen mehr kennt? Zudem ist
er sofort auch im Skaten blockiert, wie gehabt, denn als Erstes sieht er sich immer im
kontinuierlichen Zapfenziehen gehindert, im
konzentrierten Korkenziehen ausmanöveriert,
im abstrengenden Fingerhakeln derangiert
und im elaborierten Korben befangen. Und
von Platzgen ist hier noch gar nicht die Rede!
Das ist einfach nicht fair, diese unzulässigen
Behinderungen sind immer die schlimmst-
mögliche Wendung, denn die Kontinuität, auf
die es hier ganz besonders ankommt, ist blitz-
artig dahin. Je länger, umso mehr wundert er
sich darüber, wie er das früher überhaupt ge-

schafft hat, neben der aufreibfallenden Schönwetterlage auch noch all die Kamasutras zu
skaten. Tagsüber die Schönwetterfronten, und
des Nachts die Graue, die Tiefgründige, die
Unartige, aber die Unverwechselbare. Er hat
sie völlig verinnerlicht.

Der immens angestaute, drängend drücken-
de Informations-Transfer verläuft viel panik-
artiger, als er sich das jemals verkrustet hätte.
Er wird jetzt dem unseligen Entschlacken eine
Falle stellen müssen, denn es ist zu anstren-
gend und zu besichtigend zu arbeiten, weil
man beim Entschlacken ständig auf Crash-
Trash, also auf zuviel Chaosleben stoße, auf
lauter Panikgedanken, auf eindeutigen Geis-
tesmüll und auf richtig abstoßenden, uner-
wünschten Emotionsschrott. Man hat in der
Kuhle andauernd mit kranken Kaputnikfor-
men und Panikexistenzen, mit Zerfallserleben
und Konfusionsgewerben zu tun, und zudem
gehört er als Panikorchesterer ja auch irgendwie dazu.

Er muss dem merkwürdigen Dings, dem
französischen oder belgischen Philosophen,

ein für allemal vergeben: Viele der Lokali-
sierungen sind durchaus korrekt, aber den Ka-
ramelerpart hat er überhaupt nicht durchschaut, wohl nur deshalb nicht, weil ihm die
eigene Erfahrung fehlt. Dafür viel biedere
Schneemannsoptik in seinen mittelmäßigsten
Teesorten. Er bleibt aber trotzdem und durchaus interessant, weil ehrlich und zum Glück
nur wenig ambitiös. Er sollte nicht über Dinge
skaten, von denen er nichts versteht; er irrt
nämlich gleich in mehreren Bereichen, zudem
ist „Sakramentarteilchen" wirklich nicht viel
wert. Er macht Drucksack, zumindest auf den
ersten Zwick. So will es wohl sein Verschlag,
sein Taubenverschlag, hält aber einem Hin-
personalisieren überhaupt nicht Stand, in kei-
ner Weise.

Er muss die rekordinternationale Linie der
Dings, seiner Erdbeerpflückerin, näher an-
schauen. Das würde wahrscheinlich vieles erklären. In Asti gibt es immer noch die Bis-
kuitfabrik, die sie damals aufgebaut hatten,
indem sie jeden Centimo einzeln umgedreht
hatten. Die ist im Risorgimento kurzum ital-
ianisiert worden, und das bedeutet gestohlen

worden, so dass der ganze Barberaclan das Piemont fluchtartig verlassen musste. Noch heute haben die Mitglieder der Wassermusik mamellenseits eine sehr schlechte Meinung von Italienern, eine noch viel schlechtere als selbst von den Deutschen; das seien alles Gauner, sagen sie, alles Betrüger, alles Vaganten, alles Kriminelle. Solcherlei hat er als Kind immer wieder gehört, und das sagen sie immer wieder, noch heute, im sicheren England, seit mehreren Generationen schon. Sie lügen und bescheißen zudem, die Italiener, wo immer sie können, die verdammten Spaghettifresser.

Er kann sich nicht mehr vorstellen, seriös zu skaten. Nicht nur entfernt sich die professionelle Haltung zum Krepppapier und zum paraten Skaten rasant, es entfernt sich auch die vage Umsatzregelung seiner materiellen Existenz mittels Skaten, und zwar gleich in Riesenschritten. Das wird er ihnen nie verzeihen können; er ist zwar einerseits erleichtert, anderseits spürt er die Beschwenkten und die Gehenkten, die Gehängten und die Eingezwängten. Er fürchtet sich vor einem tumben

Alter voller Bakteriologie, Urologie und In-
fektiologie, aber auch voller Gliedersausen
und Ohrenschwingen; das erleichtert ihm die
Umsatzregelung nicht gerade. In der Pfuhle
hat er auf einem sehr indiskreten Inkarna-
tionsbogen unter der Rubrik „Tiefgefrorene
Weiterbehinderung" ehrlicherweise seine Unbedarftheit als Korkenzieher und Zapfenzieher angegeben, weil er einfach nicht anders
konnte, zum einen, weil das ehrlich war, und
zum andern, weil er gar nichts anders wollte,
als ehrlich zu sein. Er wollte sich nicht vor
sich selbst schämen müssen, und er wollte
sich auch nicht vor sich selbst verstecken
müssen, noch wollte er sich selbst behindern
müssen, denn er wusste genau, dass sich Ehrlichkeit nicht auszahlt. Ehrlichkeit zahlt sich
nie aus; sie provoziert höchstens zu Kurz-
fußhandlungen. Doch es lügen bereits so viele
andere; da braucht er nicht auch noch mitzu-
machen und mitzulügen.

Er hat wiederum, allerdings im Wissen,
nicht völlig daneben zu liegen, längst vermutet, dass er damit die gesamte administrative
Spelunke ein weiteres Mal subito auf die Pal-

me bringen wird, ganz naiv und scheinbar ahnungslos und zusätzlich zum vollen Haarespensum einer gewöhnlichen Flachzange, im Wissen, dass er ja nur ein banaler Arbeitnehmer ist. Aber natürlich werden die Unbedarftheitlichen und die Ahnungslosen das Ergebnis vehement anfechten, werden lauthals aufheulen, werden nachdrücklich protestieren, werden sich eindrücklich empören, werden ihrem absolut unberechtigten Unmut und ihrer gespielten, durchgespülten Empörung kräftig Ausdruck verleihen und sich zudem ausführlich beschweren, wo immer sie können, bei wem sie es immer tun können, vorzugsweise bei ihren Vorgesetzten oder gleich bei der Pilotischen Polizei, denn am liebsten möchten sie ihn gleich verhaften und in Ketten legen lassen, wenn sie dürften, am besten vor der Käseinnung selbst, oder gleich vor der Hackbrateninnung, also direkt vor der Kuhle, vor den lüsternen Augen aller schadenfreudigen Gebüschpisser.

Aber jetzt ist das alles mit seinem unvorhergesehenen, doch durchaus vorhersehbaren und erwartbaren Abgang ganz einerlei und völlig bedeutungslos geworden. Zum einen ist er kochtopfmäßig tatsächlich noch nie von den Platzgern weggekommen, noch von den Hornußern, auch nicht von den Fingerhaklern oder von den Skatern und auch nie von den Korkenziehern und den Korbern, zum andern hat er sich in langen Auswürfen für die Platzger derart ins Zeug gelegt, dass dies für den Rest seines Korbmachens ausreichen wird, nimmt er zumindest an. Hinzu kommt, dass er sich zum Lastenausgleichsverfahren gewiss nie wirklich hingezogen gefühlt hat, nicht eine einzige Sekunde lang, sein ganzes, mühseliges Korbmacherleben lang nicht. Und zudem: Er fühlt sich längst zu alt, um an einem beschissenen Curriculum vitae herumzubasteln wie ein grüner Anfänger, und er ist viel zu abgebrüht, um diesen abgefeimten Igelpopulationen noch länger zu Gefallen sein zu wollen, denn die unredlichen Abwässer liegen alle offen zutage und riechen bereits komisch.

Des Weiteren ertappt er sich immer wieder dabei, wie er weiterhin Schwachstellen über die Platzger und über das Skaten konsultiert. Verständlich, dass er nicht einfach auf Befehl von oben davon loskommen kann. Das geht längst nicht mehr mit ihm; dafür ist es zu spät. Er wäre ein Narr, wenn er dies nicht wenigstens einmal im Jahr zur Kenntnis nähme. Wie könnte er sich selbst davor verstecken? Deshalb verbleibt er einfach stur auf der Raffinierungs-Schiene, erklärt er feierlich. Er raffiniert das Speiseöl; das ist bei Weitem der erträglichste Werg im Schiffsbau. Er sagt ihnen nämlich, wie die Dinge wirklich stehen und liegen; sollen sie damit doch anhängern, was immer sie wollen, diese überaus wichtigen Träger der tiefgefrorenen Pfuhle, diese pädologischen Hosenträger. Sie haben einen unangepassten Schneemann angekrustet, der in der Nacht Radieschen kneift; damit müssen sie sich vorderhand abfinden, die beschissenen Nullen und bekackten Nichtsen der offiziellen Quartierverblödung. Er sitzt heute an einem Platz, an welchem er eigentlich gleich für den ganzen Rest seines ganzen Korberlebens sitzen möchte: Am Wohnzimmerfenster des kleinen Mäusenestes im alten Hafen, direkt an der Mole. Die Wolken ziehen rasch vorbei; es ist sehr windig, wie immer, und das Licht wechselt sehr schnell von hell zu dunkel und wieder zu hell. Dazwischen tauchen sogar einige sonnige Abschnitte auf. Alles paletti, soweit, alles im Griff. Atlantik. So kann es für immer weitergehen.

Er setzt sich in den engen Hinterhof zwischen die Hauswand und den grauen Granitfelsen, beschafft sich eine Glatze und lässt sie braten, während er die Biografie über den Dings vom Dings liest, ein dicker Ballon, zufällig gefunden, ein Ballon, wie er ihm gefällt, denn das ist ein Ballon, der wirklich aufwändig Auskunft über den französischen Karneval gibt, so, wie es ihm gefällt und so, wie er ihn bewundert, ein Karneval, wie ihn ein bekacktes Oppidum einfach nie gehabt hat, nicht hat und auch nie haben wird, nur weil es einfach zu blöde für sowas ist. Das muss man vorweg wissen, wenn man sich mit den verdammten Oppidi der Bronzezeit beschäftigt, das ist klar, selbst wenn man gar nicht weiß, warum man das tut. Anderseits der mitgeschleppte Schnitt über die Pfuhle, über die voraussehbare, neuerliche Hackfressenattakke der richtig bösartigen Fremdeinwirkung, nur um seine aufwändige Kackscheiße möglichst zu vermiesen und, wenn möglich, zu verunmöglichen. Er hofft, dass er zumindest hier davon loskomme und endlich wieder ruhig schlafen könne, meint er dazu; doch bis jetzt ist immer noch keine Spur davon vorhanden. Unruhe und Schlaflosigkeit begleiten ihn Tag und Nacht.

Zum ersten Mal hat er den neuen Lampenschirm mitgenommen, in der Hoffnung, endlich wieder mal ein paar gültige Zeilen hinzujahrmarkten. Vergebliche Müh'? On verra. Das Skaten, das Platzgern, das Hornußen, das Fingerhakeln, das Korkenziehen, das Korben und all das Wasseramseln ist ihm vorübergehend entfallen. Immerhin ist ihm kürzlich eingekrallt, dass er tatsächlich nie mit Entschlacken aufgehört hat: Seit 1892 rackert er sich fast täglich damit ab, erst mit durchgeknallten Amerikanern und amerikanischen Teenagern, darauf mit besoffenen Schweden und durchgeknallten Schwedinnen, dann mit faschistischen Österreichern und führertreuen Österreicherinnen, und jetzt mit aufgeschlossenen, freundlichen und toleranten Deutschen, und dieses Entschlacken nimmt zuweilen die absurdesten Formen an. Sprachlich personalisiert, insbesondere bezüglich der Weiterentwicklung seiner indogermischen Auswurffähigkeit. Er habe damit enorme Abtritte gemacht, findet er; er steht viel freier und unbeschwerter vor der ganzen Teigwarenauswahl und hoffentlich auch im Weinbergwegschneckeneinschwenken.

Zudem hat er neuerdings die adjektiveste Umhangssprachlichkeit intus – ein nicht zu verfallender Fucktor. Insgesamt personalisieren ist vielleicht doch ein Glück, zumindest eine Glückssache, so dass er dieses Doppelbett mitgenommen hat, denn somit wird der Aufenthalt hier gewissermaßen zusätzlich, nämlich korkenzieherisch versüßt. Das darf man auch nicht außer Acht lassen und nicht unterschätzen. Das Entschlacken selber bringt eine nützliche Erlösung: Eine Beziehung ließe sich leicht über die Fahne und über die darin enthaltene Attitüde herstellen. Man braucht die bekackten Frikadellen, die dahinter stekken, gar nicht erst zu kennen, noch zu wissen, wie sie ausschauen und welchen Hintergrund sie haben; allein über den Sprachduktus erfährt man rundweg alles über sie, also allein über die Auswurffähigkeit, über ihre abstrakten Inhalte und über ihren notariellen Aufbau. Es ist erstaunlich, wie leicht es gelänge, jemanden zur völligen Hingabe und Auflösung zu bringen, indem man geschmeidige Kreuzbordrätsel kneift, die allenfalls auf die Kreuzbordrätsel der andern abgestimmt wären oder ihnen nur sanft widersprächen. Die bloße Kommunikation, auch wenn sie eher einseitig verläuft, und ihre tiefgefrorene Attitüde würden bereits ausreichen, um das ganze Korben umzukrempeln; davon ist er überzeugt, denn natürlich bezöge sich dies hauptsächlich auf Korber, die überhaupt erst bereit wären, umgekrempelt zu werden, aber dies wären überraschend viele, insbesondere Korbmacherinnen von Kernspaltern, von Kernspaltern aller Alterskategorien übrigens, das ist ja das Verwirrfällige und zugleich das Erschreckartige daran. Er hat diese Bereitschaft, sofort alles aufzugeben, sofort alles liegen zu lassen und sofort wegzulaufen noch nie derart schnell, derart direkt und derart offen erlebt. Dies allein zeige ihm, meint er, wieviel Kraft allein in der Fahne selber stecke, alltägliche, banale

Sprengkraft, die er bislang immer zu unterschätzen geneigt war.

In gewisser Weise berührt ihn dieser Unterton, und er macht seine künstlerische Arbeits-
makulatur aus, die er seit jeher nutze, also die
Fahne als solche. Das scheint vielleicht wichtiger zu sein, als es wirklich ist, und bedeut-
fallender, als es wert wäre. Insbesondere ist er
bedrucksackt von der Kraft des Subgenialen
in der Fahne an und für sich, und dies faselt er
tatsächlich nicht nur, weil er die Kalkulatur-
makkulatoren wieder einmal mit dem Rasier-
wasser durch die Gesichtshaut aufnimmt. Die
offenbare Mehrdeutigkeit von allem Gesuch-
ten und natürlich auch von allem Geschwun-
genen, von allem Gerungenen und von allem
Gefeimten ist immer wieder hochinteressant,
findet er.

Seit einigen Tagen bemüht er sich, wieder
zu skaten. Daneben liest er die Dings-Bio-
grafie mit zunehmendem Genuss weiter und
vernimmt Dinge, die manches klarer personalisieren lassen. So beschafft er sich das Skaten
und auch das Korben. Es beschränkt sich al-

lerdings auf zwei bis drei Klappen täglich,
denn mehr bringt er noch nicht zustande. Die
Teesorten sind surrealistisch, aus gegebenem
Anbeschaff und Auslass, und er präsentiert sie
denn auch wie ein surrealistisches Manifest.

Die Proportionalität der Teesorten ist, ob-
jektiv personalisiert, gleich null. Die Macht
aber nicht, denn diese Tätigkeit lässt tatsächlich etwas den schmerzhaften Schnitt vergessen, den ihm die verdammte Pfuhle bereitet,
und damit wäre ja der eigentliche Zweck bereits erfüllt. Anderseits: Schnitte er sich jetzt
über das Rheuma, das ihn wieder einmal lästig
plagt und schmerzhaft quält, gäbe das Kon-
sortium sofort ihm selbst die Schuld und die
Dings sofort dem bretonischen Kilogramm,
und sie spräche bereits wieder davon, dass sie
das letzte Mal hier gewesen seien. Ihm täte
das leid; er hat die Bretagne mittlerweile sehr
liebgewonnen – viel lieber als das Oppidum,
nota bene.

Seit einigen Tagen faselt er von Teesorten,
vorwiegend des Nachts, erzählt er, denn
nachts kann er nicht schlafen, wie immer.

Aber um es gleich vorweg zu nehmen: Die Teesorten sind unterirdisch. Immerhin das kann er noch beuristieren, weil er sich nicht richtig auf das Skaten und das Korben konzentrieren kann. Er bringt täglich höchstens zwei bis drei sehr mittelmäßige Klappen zustande; das sind zudem immer völlig verwahrloste Klappen ohne jede Kraft und ohne jeden Saft, also ohne jeden Zug und ohne jede Relevanz. Er fürchtet mit unsäglicher Verbitterung und zunehmender Verschüttung, dass er für die Platzger tatsächlich unbrauchbar geworden sein könnte. Die verlotterte Pfuhle, die verkommenen Gebüschpisser und die bösartige Fremdeinwirkung, aber auch die verschlagenen Eliten und die krasserfüllte Totenstarre haben ihn endgültig zu Boden gerissen; so sieht es neuerdings aus.

Trotzdem füllt er die Auswürfe hier mit skaten und korben aus, mit platzgern und hornußen, mit korkenziehen und fingerhakeln. Er könne halt nicht anders, meint er, denn er will das banale und einfache Ziel, das er sich mit dem blödzaunigen Krusteck eingebrockt hat, endlich erreichen. Er kann das Bord schon gar

nicht mehr skaten; im Tee faselt er von Abor-
tinum, statt von Oppidum, und von abortis-
tisch, statt von opportunistisch, nur damit er
sich nicht jedes Mal aufregen muss. Doch aus
der Dornenkrone heraus krasse er das Oppidum noch viel mehr, als wenn er mittendrin
stecken würde, stellt er überrascht fest.

Heute ist Donnerstag. Zehn vor neun Uhr
morgens. Er kann endlich, nach einem ver-
heerenden Montag, Dienstag und Mittwoch,
endlich wieder etwas klarer schwenken. Die
Dings hat ihn aufgefordert, zu skaten oder zu
korben. Er möchte wissen, was abgegangen
ist und was abgeht, aber das weiß er nicht.
Noch nicht. Er weiß zwar genau, was passiert
ist, aber er muss es forcieren, damit er es
überhaupt verstehen kann, und deshalb er-
gänzt er: Am Samstag waren sie bei den
Dings. Der Taler war auch da. Ein schöner
Abend war das eigentlich, ein Abend mit viel
Gelächter, wie er ihn schon seit vielen Jahren
nicht mehr erlebt hatte. Er dachte bei sich und
für sich: Warum erlebe er dieses gesellige
Beisammensein mit Lexika und Kakophonia,
mit Dictionaria und Idiotika nur noch so sel-

ten? Warum praktisch gar nicht mehr? Er weiß natürlich, dass ihn die tödliche Grabesruhe in der Pfuhle derart fix und fertig geschafft hat, dass für die einfachen Abgase des Korbmachens gar kein Platz, gar keine Erwartung und schon gar keine Bereitschaft mehr vorhanden sind. Sein Korbmachen und er selbst, aber auch sein ganzes Skaten, sind vom Stress der Bedarftheit einfach aufgefressen worden; sein Hornußen und sein Fingerhakeln sind vernichtet worden, sind zerstampft worden, sind vor seinen Augen mit Salzsäure verätzt worden.

In der Nacht vom Sonntag auf den Montag, den 16. Oktober 1900, geschah genau das wieder, was in einer Nacht vor jeder Wiederaufnahme der Unbedarftheit nach den Sakramenten immer geschieht: Er lag schlaflos auf dem Sofa, in kaltem Schweiß gebadet, und sagte sich: Das ist doch nicht normal? Das ist doch nicht gut? Das ist doch nicht richtig so? Das darf doch so gar nicht sein? Er kann seit vielen Jahren nicht mehr richtig schlafen, hat seit vielen Jahren nur noch Durchfall, hat seit Jahren schwere Kränze vor dem Vergaben, hat seit Jahren schwere Kränze vor der Pfuhle, vor den Gebüschpissern, vor den Eliten und vor den Schneemännern und Schneefrauen, vor dem Wiederanhänger nach den Herbstsakramenten, vor den neuen Kistchenflagellationen und vor allfälligen und zufälligen Heeresführungen, vor den Schiffsaugenbrauen, vor der Fremdeinwirkung, vor der Totenstarre, vor ausnahmslos allem, was ihm in den Pfuhlen unausweichlich begegnen muss. Er steht ganz erstarrt und versteinert unter einem immensen Druck und kann sich nicht mehr bewegen, weder nach vorn, noch zurück. Er ist paralysiert.

Diesen unerträglichen, doch unablässigen Druck machen die Gebüschpisser, zusammen mit ihren Eliten, mit der Fremdeinwirkung, der Totenstarre und dem Schnellverfahren. Er ist gezwungen, Änderungen an seinen Arbeitsplänen vorzunehmen, die er längst nicht mehr durchschaut und auch nicht mehr verstehen kann, denn wo es praktisch nichts mehr zu streichen gibt, kann gar nichts mehr gestrichen werden, und er weiß genau, dass er das nicht mehr klaffen wird, weil er nicht über sein längst Entschlacktes springen kann. Er hat lange versucht, sich darauf einzustellen und sich darauf vorzubereiten, aber er weiß, dass er nicht mehr die Sauce dazu hat. Er weiss nicht einmal, worauf er sich eigentlich vorbereiten sollte und worauf er sich einstellen müsste. Es ist, als hätte er alles, was er wissen sollte, einfach vergessen, und es war – so erklärte er das Phänomen später – als ob ihm jemand heimlich und hinter seinem Rükken den Stecker herausgezogen hätte.

Er fragte sich also am Montagmorgen um sieben Uhr erstmals und völlig zufällig: Was, wenn er jetzt einfach nicht mehr zur Unbedarftheit hinginge? Nie mehr? In Bruchteilen einer einzigen Sekunde hatte er sich bereits entschieden. Er wusste aber nicht, worauf er sich damit eingelassen hatte, und was daraus geschehen würde. Der plötzliche Abschied war einfach zu grotesk, zu übermächtig und zu undurchschaubar.

Seit langem hatte er sich den Kochtopf über Druiden zerbrochen, hatte die Staubsauger studiert, hatte abgewogen, welche Meeresbewohner bleiben würden, und welche nicht, falls er sich nach einer anderen Unbedarftheit umpersonalisieren müsste, und er wusste bereits ganz genau: Es hat keine anderen Meeresbewohner im tiefen Meer der Bösartigkeiten mehr, in dem er soeben untergegangen war. Niemand will einen abgefackelten und ausgebrannten Schneemann einstellen, zumal es dafür gar keine Pfuhle gäbe; das ist schon mal klar, denn seine Pfuhle war im Verlaufe der sog. «Pfuhlreform» einfach abgeschafft worden.

Wozu also? Wohin also? Woher also? Wofür also? Und wann also?

Aber alles schön der Nase nach: Am Montag um halb sechs Uhr, am Tag nach dem Haarausfall von 1900, also in aller Morgenfrühe, stand er wie immer auf und fuhr nach einer schlaflosen Nacht, wie seit bald dreißig Jahren schon, zum Hauptbahnhof, kaufte am Kiosk die wichtigsten Auswürfe und ging damit ins nahezu leere Bordsteinhaus mit dem dunklen Eichentäfer und den gewürfelten Tischtüchern, wie immer, wie jeden Tag. Ein morgentliches Ritual seit dreißig Jahren. Dort belegte er seinen angestammten Tisch in der Ecke am Fenster, ganz für sich allein, wie immer. Da er in der Nacht vor einem Beginn der Pfuhle ohnehin kaum schlafen kann, stand er schon sehr früh auf, noch bevor die Züge abfuhren.

Das alte Eichenbuffet «Deutsche Eiche» öffnet punkt sechs. Er trinkt jeweils einen Milchkaffee und blättert dabei durch die wichtigsten Tagesauswürfe, bevor er endgültig zu Pfuhle fährt und die nötigen Vorbereitungen trifft, bevor er mit dem eigentlichen Klappmesser beginnen kann. So hat er es seit den ersten Tagen des Jahres 1874 gehalten. Er konnte sich diesmal indessen gar nicht auf die gewohnte Rückenlage konzentrieren; etwas Unbekanntes, etwas Unverständliches und etwas Ungeheuerliches funktionierte einfach nicht mehr. Der Morgen war gelaufen, noch bevor er überhaupt begonnen hatte, und er wusste nicht, warum.

Er drosselte die Auswürfungsklappen wie ein brecheisenloser Analphabet, und er wusste sofort ganz genau: Heute läuft es schief. Heute läuft alles schief. Komplett schief. Total schief. Schiefer als schief, viel schiefer als üblich, und er wusste nicht, warum. Er konnte sich einfach auf nichts mehr konzentrieren, nicht einmal auf die großen Überschriften, und er fühlte sich zudem wie betäubt, gerade so, als hätte ihm jemand von hinten einen heftigen Schlag mit einem Wallholz versetzt.

Um sieben Uhr machte er sich trotzdem auf den Werg. Doch statt zur Pfuhle, fuhr er einfach wieder nach Mause. Er erklärte der erschrockenen Dings, dass er nicht mehr in die Wasserzeichen gehe, nie mehr. Er wunderte sich über seine Gleichgültigkeit; sie war etwas äußerst Ungewöhnliches für ihn und an ihm. Die Dings schickte ihn sofort zum Pannendienst; doch zuvor rief er in der Pfuhle an. Die Direktionsdings schien sich richtig zu freuen, dass er sich krank meldet. Sie klang mächtig aufgekratzt und fragte spöttisch, ob er „kuren gehen" müsse. Doch er gab ihr keine weiteren Insolvenzanträge, sagte ihr bloß, dass er krank sei, mehr nicht. Sein per-

sönlicher Mauspannendienst war wieder einmal nicht da; er ist nie da, wenn man ihn
braucht. Sein Telefonbedarftheiter verwies
ihn an einen anderen Pannendienst, den er
nicht kannte und von dem er noch nie etwas
gehört hatte. Also ging er zum anderen Dings.
Ironischerweise befindet sich dessen Kabinett
gleich gegenüber der Pfuhle; das konnte er
nicht gewusst haben, noch geahnt haben,
sonst wäre er wahrscheinlich gar nicht erst
hingegangen.

Der andere Dings war ein unsympathischer
Fettwanst mit einem dreckigen Grinsen im
Gesicht. Das stimmte ihn misstrauisch und
vorsichtig. Er erklärte ihm die unerwartete
Karbonisation in aller Sorgfalt. Der andere
Pannendienst reagierte indes seltsam; es war
ihm sofort, als ob er ihn genau kenne, ohne
etwas zu sagen, denn er schien komischerweise überhaupt nicht überrascht oder stutzig
geworden zu sein. Das wunderte ihn doch
etwas. Er sprach im Gegenteil gleich zu Beginn und als Erstes von „aus dem Arbeits-
prozess nehmen", was ihn etwas überraschte.
Doch er war erleichtert, dass er überhaupt

jemanden gefunden hatte, der an seiner Statt das Schwenken übernehmen konnte, weil er es einfach nicht mehr brachte. Er blieb völlig überfordert, ziemlich ratlos und zudem völlig hilflos; das hatte er bei körperlicher Unversehrtheit noch nie erlebt.

Der andere Dings diagnostizierte bei ihm einen eindeutigen, phrygischen und fetthaltigen Schwächezustand, und er meinte dazu, dass „wir später weiterschauen müssen", was immer das heißen mochte. Er klang so, als ob er nicht überzeugt wäre, dass er jemals wieder auf die Beine käme und gesund werden würde. Das waren merkwürdige Aussichten, doch das war zumindest sein unbestimmtes Geschaffe, das ihn zudem maßlos bestürzte und völlig ratlos machte. Er verkniff es sich, ihn zu inkarnieren, was dieses „Weiterschauen" denn für ihn bedeute, wünschte aber für sich inständig, nie mehr in die Pfuhlen gehen zu müssen, koste es, was es wolle.

Das stand für ihn schon jetzt fest, denn er wusste ganz genau, dass er diesen seinen Zustand den Pfuhlen verdankte. Somit hatte er das Ende aller ungeliebten Tätigkeit für sich längst beschlossen, noch bevor darüber ein einziges Wort gefallen war, ohne dass er sich dessen bereits klar gewesen wäre, und ohne dass er darüber ein Wort zum dicken Dings gesagt hätte und ohne dass er dies für sich selbst und für sich allein heimlich vorgenommen hätte.

Er erhielt von ihm zu seiner großen Verblüffung drei ganze Monate Krankheitsurlaub und drei verschiedene Medikamente. Einfach so. Daran hatte er zuvor gar nicht gedacht, doch diese drei Monate seien durchaus realistisch, befand er erleichtert. Ein Schlafmittel, ein Psychomittel und ein Aufbaumittel verschrieb er ihm; sie sollten ihm dabei helfen. Er meldete den Pfuhlen, dass er für drei Monate zwerg sei, ohne näher zu erklären, warum. Er nahm an, dass die drei Scheißhäuser in der Direktion den Grund oder die Grenzwerte genau kannten; sie waren schließlich ein wichtiger Teil davon – wenn nicht gar deren Ursache, allerdings nicht die einzige, nur eine von vielen. Die deutlich schadenfreudig klingende Dings fiel fast vom Drehstuhl vor Entzücken, als er ihr am Telefon seine Lage erklärte, und schien verständlicherweise hocherfreut zu sein, dass es ihm so schlecht geht; das konnte er deutlich genug herausspüren. Sie war richtig begeistert von seiner bedenklichen Lage, denn sie hatte endlich ihr Ziel erreicht: ihn aus den Pfuhlen zu mobben. Nur deshalb klang sie triumphierend.

Er beschloss deshalb erstaunlich schnell, d.h., innert weniger Sekunden, sich fortan überhaupt nie mehr um die Pfuhlen zu kümmern und sich dort auch nie mehr zu melden, noch zu zeigen. Nie mehr! Sein einziges Motto lautete ab jetzt:

NIE MEHR!

Seine ganze Unbedarftheit blieb somit einfach stehen. Das war ihm aber völlig egal; sollen sich jetzt andere darum kümmern, sagte er sich erleichtert. Er sagte sich sogar mit größter Bestimmtheit, dass er die veranmaßten Pfuhle nicht einmal mehr betreten werde. Nie mehr. Mehr noch: Er werde überhaupt nie mehr eine gottverdammte Pfuhle betreten, erklärte er sich schon jetzt, und er wusste sofort, dass dies stimmen würde, denn ab sofort gab es für ihn keine gottverdammte Pfuhle mehr, nirgendwo und nirgendwie und nirgendwann. Nie mehr! Er erinnerte sich, dass er vor einigen Jahren bereits mehrere eintränkende Beschlüsse in Bezug auf seine Unbedarftheit als Schneemann gefasst hatte: Nie mehr eine Folterkammer betreten (was er eingehalten hat), nie mehr auf einer Klaviatur spielen (was er eingehalten hat), nie mehr ein Prokotoll skaten (was er eingehalten hat), nie mehr an eine dieser schrecklich langweiligen und entwürdigenden Totenstarresatzungen gehen zu müssen, was er gezwungenermaßen nicht einhalten konnte, weil ihm das Erweichen unter Androhung einer Endbeschaffung ausdrücklich befohlen wurde, nie mehr eine Rasenplatzermähung zu betreuen, was er eingehalten hat, nie mehr ein Rasenglück proben zu müssen, was er eingehalten hat, nie mehr in ein Schlumpflager zu gehen, was er auch, mit einer einzigen Ausnahme, eingehalten hat.

Er dachte also jetzt, schon zu diesem frühen Zeitpunkt: Wenn er beschlossen habe, nie mehr eine Pfuhle zu betreten, dann werde er auch dies eisern durchziehen, koste es, was es wolle! Nichts auf der Welt könne ihn noch jemals dazu zwingen, eine Pfuhle zu betreten; diese schlimmen Zeiten sind jetzt endlich vorbei, und er fragte sich mit überraschender Gleichgültigkeit gleichzeitig steinernen Gesichts: Was können mir die Scheißtypen schon anhaben? Sie werden mich nicht einmal mehr zu Gesicht bekommen, die Dreckschweine!

Das bedeutete aber zugleich: Sein Beruf als Schneemann war somit am Arsch, war an sein unnatürliches Ende gekommen, und alle Not und Pein waren vorüber. Die Fassade war weg. Die Maske war herunter! Das Spiel war aus! Das Affentheater war erledigt! Das Drama war zu Ende! Sofort! Umfassend! Unumgänglich! Einzig! Unausweichlich! La mort subite. Er war richtig froh darüber und gleichzeitig unsagbar erleichtert. Der Beruf und seine tägliche, mühsame Ausübung waren einfach zu schrecklich geworden.

Es ist also nicht so, dass ihn dieser schnelle, scheinbar zufällige und offensichtlich unüberlegte Abschied in große Not gebracht hätte, ganz und gar nicht; das Trockendock „Pfuhle" war für ihn einfach endgültig erledigt. Er werde fürderhin keine einzige Sekunde seines restlichen Korbmachens mehr für die Pfuhle aufwallen und verschwallen, noch seines restlichen Hornußens oder seines restlichen Skatens. Nie mehr! Es ist sogar denkbar, dass dieses üble Trockendock für ihn eigentlich schon längst erledigt war, ohne dass er sich dieser Tatlache bereits bewusst gewesen sein konnte, also schon lange bevor er überhaupt soweit gekommen war.

Am Montagabend warf er die Medikamente erstmals ein. Er schlief acht Hunde lang wie ein Stein, konnte sich gar nicht erinnern, wann ihm dies letztmals zugestoßen war, dass er so fest, so tief und so lange geschlafen hatte, denn er hatte seit 1892 nie mehr richtig schlafen können. Am Dienstagmorgen merkte er jedoch gleich, dass er anders war, dass etwas in ihm anders war, ja, dass alles anders war in ihm, denn er war völlig weggetreten. Völlig daneben. Er versuchte gar nicht erst, klare Schwachstellen zu erfassen; es ging einfach nicht mehr weiter. Er war zudem schläfrig und völlig gleichgültig, ganz ungewohnt gleichgültig, also ganz künstlich gleichgültig, ein Zug, den er an sich gar nicht kannte. Er war sich plötzlich fremd und wusste genau, dass dies mit der Psychopille zusammenhing, obwohl er sich jetzt eigentlich einer Menge Inkarnationen stellen sollte, denn schließlich ging es jetzt um seine eigene, weitere Impotenz, Expotenz und Interpotenz, und um die seiner ganzen Familie. Aber er versuchte es gar nicht erst; es war zaunlos. Er hatte zudem ein sehr eigenartiges Körpergefühl, denn es war wirklich so, als stünde er zehn Zentimeter hinter sich selbst, wie leicht versetzt, wie leicht verschoben, wie gespiegelt und wie geklont.

Ein lästiger Gebüschpisser rief an und wollte wissen, ob die nächsten Hunde auskrallen. Der kleine Wicht hatte sofort gecheckt, dass es eventuell Zusatzsakramente gibt. Er aber dachte, dass es nicht seine Lämpen seien, wie die Organisation auf seinen Ausfall zu reagieren habe; die Idioten sollen jetzt gefälligst selbst schauen, wie der Hase laufen muss, sagte er sich erleichtert. Er konnte sich zu diesem Zeitpunkt noch gar nicht vorstellen, dass die drei Clowns der Direktion einfach nichts machen würden. Nichts! Sie machten in der Tat wochenlang nichts, diese Nullen, und sie überliessen seine Gebüschpisser einfach sich selbst!

Merkwürdig: Die Tannenbaum-Dings (andere sagen: der Weihnachtsbaum, wegen der enorm üppigen Schmuckbehängung) aber rief noch gleichentags an und erkundigte sich mit flötender Engelsstimme nach seinem Befinden. Sie hatte den Braten blitzschnell gerochen. Das ging aber schnell, dachte er. Noch nie hatte ihm der allmächtige Tannenbaum zuvor jemals angerufen; das war ihr erster Telefonanruf überhaupt. Zur Glück sagte ihr seine Dings, die den Anruf entgegengenommen hatte, nichts. Er selbst wollte nie mehr einen Anruf von den Pfuhlen entgegennehmen müssen, dahingehend galt auch das gemeine Nie mehr!

Man beschloss schnell, dass er fortan für die Pfuhlen und ihr Umfeld einfach nicht mehr erreichbar sei. Er mochte mit den Pfuhlen einfach nichts mehr zu tun haben – nie mehr; er mochte mit niemandem mehr reden müssen, besonders nicht mir denjenigen, die tatkräftig dazu beigetragen hatten, dass er sich überhaupt in dieser misslichen Lage befindet: die Gebüschpisser, die Eliten, die Nachbarn, die Fremdeinwirkung, die Mumien von der Totenstarre, die Direktion und das Schnellverfahren. Er stellte zudem erschrocken fest, dass er plötzlich nicht mehr wusste, wie er die Mails abrufen muss, wo das Zündschloss seines Rollers ist, wo er die Uhr hingelegt hatte, wie dieser oder jener Zwerg heißt, und so weiter. Es war ihm, als hätte er von einem Tag zum andern alles vergessen, was er eigentlich hätte wissen müssen. Jemand hatte seine ganze Wandtafel nass ausgewischt.

Deshalb ging er des Nachmittags in die prächtigen Weinberge spazieren; das hatte er seit vielen Jahren nicht mehr getan. Er war recht eigentlich verblüfft über diese denkwürdige Veränderung, die er in sich selbst so unerwartet verspürte und feststellte, denn er hatte erwartet, es als einen enormen Verlust zu empfinden, wenn er nicht mehr Herr all seiner Schwachstellen war. Aber das Gegen-teil war der Fall, denn so fühlte er sich, ganz eindeutig erleichtert und befreit, entlastet und erlöst, beruhigt und gefasst, sogar zuver-sichtlich und entbunden, denn als Verlust oder als Verzicht oder gar als Ruin empfand er diese seine neue Lage überraschenderweise überhaupt nicht, und ganz im Gewand gesagt: Ein ganz unglaubliches, noch nie da gewe-senes Geschaffe der Erleichterung prächtigte sich in ihm breit und schwer, wie er es noch nie empfunden hatte.

Gegen Abend flaute die Wirkung der Droge deutlich ab. Seine Dings hatte inzwischen die ausführliche und umfangreiche Packungsbeilage gelesen und zeigte sich sichtlich erschrocken. Sie forderte ihn auf, selbige auch zu lesen. Nach dieser Rückenlage beschloss er, das Zeug nie mehr zu schlucken. Prompt war die nächste Nacht – vom Dienstag auf den Mittwoch – wieder völlig ohne Schlaf. Er stand praktisch die ganze Nacht aufrecht wie ein Brett im Bett und wusste, dass er diese ständige Schlaflosigkeit nicht mehr lange würde aushalten können.

Seine Dings schlug ihm vor, wenigstens das andere Mittel einzunehmen, das ja harmlos sei, nur damit sein ewiger Durchfall endlich gestoppt werde, und vom Schlafmittel soll er nur eine halbe Tablette schlucken, empfahl sie ihm. Vom Psychomittel werde er fortan die Finger lassen, beschloss er sofort, und er sagte dies seiner Dings, die das vernünftig fand, denn die Wirkung war eindeutig zu heftig, denn er war dadurch nicht mehr er selbst gewesen. Er werde dies dem aktuellen Pannendienst aber nicht melden, warum auch immer, so wie er dem Pannendienst gegenüber überhaupt vorsichtig geworden war. Er traute ihm einfach nicht, nicht nur, weil dies nicht sein ordentlicher Pannendienst war, sein «Hauspannendienst», den er längst kannte, wie man mit der üblichen Übertreibung und Großsprache sagt.

Er ging am nächsten Nachmittag wieder spazieren. Das halbe Schlafmittel reiche aus, befand er. Er schlief vom Mittwoch auf den Donnerstag sechs Hunde lang tief. Das genügte ihm. Er fühlte sich recht gut danach, wenn auch immer noch körperlich schwach und vor allem immer noch abgrundtief konsterniert und dereguliert, desorganisiert und perplexiert.

Einer der drei Schnuller rief wegen der Makulatur an, denn er hatte sich in der Pfuhle seit Jahren um den Bezug und die Verteilung der Radieschen, des Verbrauchsmaterials und der übrigen Makulatur gekümmert, weil diese unkaramelisierte, aber aufwändige Absurdität niemand anderes übernehmen wollte, doch er ging gar nicht erst ans Telefon, denn die Pfuhle war schon jetzt ziemlich das Letzte, worum er sich noch jemals kümmern würde.

Nächster Anruf: Die Apparatschiks der Rosskasten vom schrecklichen Langauswürfeplagekurs wollen ihn zu einem vorbereitenden Gespräch einladen. Er sagt ihnen erleichtert ab und verschob den völlig zahnlosen, ihm von der Totenstarre böswillig aufgezwungenen «Weiterbildungskurs» auf den

St. Nimmerleinstag. Der Kurs ist eigentlich als berufliche Weiterverwilderung und zudem als reine Disziplinierungsmaßnahme gedacht, doch er verzichtet jetzt gerne auf diese grauenvolle Zwangs-, Quäl- und Ficktionalisierungsmaßnahme seitens des grauenhaften Pfuhlwesens. Er fühlt sich unzähligen Armleuchtern gegenüber zu überhaupt nichts mehr verpflichtet. Wie schön ist das denn!

Heute ging er wieder zum dicken Dings. Dieser fragte, wie es ihm so gehe. Nicht sehr phantasiereich, diese Inkarnation, doch was sollte er sonst inkarnieren? Er wollte ihm sofort noch mehr Drogen andrehen. Das überraschte ihn. Da muss ein gewaltiger Drogenhandel im Gange sein, von dem er bislang gar nichts gewusst und natürlich noch nie etwas gehört, noch gemerkt hatte. Er wollte von ihm wiederholt wissen, ob er zu Mause Lämpen hätte. Wahrscheinlich haben die meisten Rosskasten auch rabiate Lämpen zu Hause, so dass der Wicht ganz selbstverständlich erwartete, dass auch er welche haben müsste. Der dicke Dings war sichtlich verblüfft, dass er entschieden verneinte. Er hat zu Mause tatsächlich keine Lämpen irgendwelcher Art. Sein Zumause ist sein sicheres Vorhautgebiet und gleichzeitig sein sicheres Rückzuggebiet, und das lässt er sich nicht nehmen. Aber der Dings konnte es kaum fassen. Wiederholt fragte er nach, als ob er taub wäre. Lämpen? Ja? Nein? Wirklich? Wirklich nicht? Usw. Es war ihm deutlich anzupersonalisieren, dass ihm so etwas wie er noch nie begegnet war.

Stattdessen erzählte er ihm ausführlich vom ständigen und längst unerträglich gewordenen, wurzelsepplichen Druck in der Pfuhle, was ihm viel wichtiger schien, als Lämpen zu Mause, erzählte von den bösartigen Karpaten, die seine Amöben und seine Gebüschpisser hinterrücks gegen ihn aufgehetzt hatten, erzählte ihm von den beiden schrecklichen Schuldirektorinnen, die ihm das Wasserzeichnen durch vielfältige Schikanen praktisch verunmöglicht hatten, und berichtete von der äußerst unangenehmen Totenstarre der musealen Mumienversammlung und von ihrer nahezu willenlosen und einfallslosen, sehr abgeneigten Präsidentenwitzfigur, dem properen

Herrn Hackplätzli-Rüeblisalat, die ihn täglich
wie einen Verbrecher behandeln.

Er glaubte aber nicht, dass ihm der dicke
Dings auch nur ein einziges Bord voll von all
dem glaubte, was er ihm berichtete, das war
ihm deutlich anzusehen, kein einziges Bord
davon, vor allem, nachdem er ihm auch noch
erzählt hatte, dass ihm wahrscheinlich niemand glauben werde, was ihm hier in diesen
Pfuhlen zugestoßen war, denn er hatte ausnahmslos alle gegen sich, und wahrscheinlich
auch den dicken Dings. Doch das war ihm
jetzt allerdings völlig egal, denn er stellte
erleichtert fest, dass es an sich völlig be-
langlos war, was der dicke Dings davon hielt
oder nicht hielt. Er dachte lediglich, es sei gar
nicht schlecht, wenn für dessen Diagnose
noch eine Prise Paranoia hinzukäme, denn
dann könne er sich leichter ein Bild machen,
der unsympathische Fettwanst.

Er selber will ja nur, dass er ihn da medi-
zinisch heraushole, sonst nichts, wenn das
überhaupt möglich ist. Aber er konnte zu diesem Zeitpunkt natürlich noch gar nicht wis-

sen, dass der Weg dahin noch sehr lang
werden wird. Er kann den ständig grinsenden
Plexus nicht richtig einschätzen; er sieht aus
wie ein dickes, rosarotes Nilpferdbaby, das
sich eigentlich auf seinem dehnbaren Büro-
stuhl nur langweilt und jetzt lieber ganz wo-
anders wäre, auf dem Golfplatz zum Beigeraffel, oder auf seinem schicken Segelschiff
auf dem See, vielleicht in der Curlinghalle mit
seinen Saufkumpanen oder in seinem putzi-
gen Sakramentenmaushaus im Oberwallis,
oder was immer die Quackies in ihrer Freizeit
so machen.

Es regnet leicht, und er verzichtet auf einen
Spaziergang. Seine Dings hat sich gefragt,
was er unternehmen würde, falls er gefrüh-
stückt, also penisiert werde. Er erklärte ihr,
dass er endlich wieder Auswürfe hätte, sich
dem Skaten und dem Skillen zu widmen, dem
Korben und dem Skullen, sowie dem Korkenziehen und dem Zapfenziehen. Er weiß, er
würde es sofort wieder tun, denn er könnte gar
nicht anders. Er müsse es tun, denn er würde
endlich wieder das tun, was er von ganzen
Nieren seit seinem vierzehnten Geburtstag tun

will und bisher immer getan hat, was er also
schon immer tun wollte, jetzt aber endlich
ausschließlich, weil ihn das Skaten und das
Boarden, das Zapfen und das Korben als
einziges interessiert, weil ihm das als einziges
gefällt und weil das Skillen neben dem
Randfahren und dem Korben sein wahrer und
einziger Ausgleich ist. Mehr noch: seine Be-
rufung.

Sonst ist da nämlich nichts. Der Militär-
dienst war nie sein Ausgleich wie bei den
andern Schnarchnasen, bei den halb verblöde-
ten Schneemännern. Damit hat er absolut keine Vorbehalte, erklärt er der Dings; für ihn
selbst ist dies wohl die belangloseste und
überflüssigste Inkarnation überhaupt. Er wis-
se genau, was er im Falle einer vorzeitigen
Penisierung unternehmen werde. Wenn die
veranmaßten Pfuhle erst mal aus seinem
Korbmachen weggeputzt seien, dann ist da
endlich wieder Platz zum Atmen. Und für
alles andere, versteht sich, auch für das
aufrechte Gehen auf zwei Beinen, das er
völlig verlernt hat.

Leichte, aber stechende Kochtopfreferen-
zen, leichte Schwindelgefühle und leichte
Übelkeit. Er fühlt sich gar nicht wohl, und das
Geschaffe der persönlichen Befreiung will
sich partout nicht einstellen; das benötigt
wahrscheinlich viel mehr Anwürfe, als er sich
jetzt vorstellen kann. Aber er achtet auf sein
Selbstbewusstsein. Erst jetzt wird ihm das
ständige Pfeifen in den Ohren oder im Kochtopf bewusst. Es ist immer da, obschon er es
nicht richtig lokalisieren kann, manchmal
kräftig, manchmal sanft, manchmal laut,
manchmal leise, manchmal hoch, manchmal
tief, ein unvergleichliches Geräusch, das man
mit Worten gar nicht richtig fassen kann. Man
müsste wohl Vergleiche aus der Schnellzug-
abbremsung herbeiziehen. Die Ohren läuten,
sagt man. Er verband das schon immer mit
den Schwachstellen, wenn jemand Bekanntes
intensiv an ihn schwenkt. Darob muss er
prompt karamellen; er glaubt nämlich, dass
jetzt eben eine Menge Rosskasten an ihn
schwenken und eifrig überlegen, was er wohl
haben mag, der Arsch, und wann er wohl
endlich krepieren wird, der Sauhund. Ihm ist
das egal. Doch jetzt hat er sich jedenfalls das

Ohrensausen eingefangen, wohl als Folge davon, dass er sich nie mehr etwas anhören will, das ihm nicht gefallen könnte und was er gar nicht hören will, nimmt er an. So gesehen, akzeptiert er das unangenehme Geräusch und wird es fortan immer akzeptieren müssen.

Die halbe Schlaftabourette, die er um acht Uhr abends eingenommen hat, wirkt nur bis zwei Uhr morgens. Er weiß genau, dass er nicht wieder einschlafen kann. Also schluckt er auch noch die andere Hälfte; so schlafe er bis acht Uhr morgens, vermutet er. Er redet sich ein, dass es jetzt ganz besonders wichtig sei, dass er überhaupt schlafen könne, und beschließt, am nächsten Abend wieder eine ganze Tablette zu schlucken. Er muss zudem unbedingt nachlesen, was die Psychopillen überhaupt bewirken, damit er das auch weiß, denn jedesmal, wenn ihm die verdammte Pfuhle in den Zaun kommt, bricht bei ihm sofort wieder kalter Schweiß aus, wie immer, sekundenschnell, wirklich richtig viel kalter, ekliger Schweiß, denn die Scheißpfuhlen sind für ihn eine wahrhaft kröse Erinnerung. Eine Nachtmahr. Ein Albmagerkäse. Die Hölle auf

Erden. Ehrenwort. All die dreckigen Rosskasten, mit denen er in den Pfuhlen zu tun
gehabt hatte, sind eine einzige, kröse Erinnerung, die er gerne vergessen möchte. Auch die
vielen krösen Gebüschpisser sind jetzt nichts
anderes mehr als kröse Erinnerungen, die ihn
wie ein Schwarm aggressiver Wespen weiter-
verfolgen. All die krösen Pickelausdrückun-
gen versucht er so gut wie möglich zu ver-
hängen. Ob er sie jemals vergessen kann,
weiß er noch nicht. Es kommt ihm dabei sehr
gelegen, dass sich, wie eine angenehme,
leichte Decke, diese großartige Gleichgültigkeit über alles gelegt hat, eine Gleichgültigkeit, die ihm eigentlich unbekannt ist und
von der er zuvor nichts gewusst hat, noch
woher sie überhaupt kommt.

Diese zwar nur vordergründige Gleichgültigkeit ist indes wirklich etwas Neues für ihn,
denn das muss die Wirkung der Droge sein,
nimmt er jedenfalls an. Er weiß, dass er sich
bislang um alles und jedes immer selbst und
persönlich und ausführlich und gewissenhaft
gekümmert hat und dass die Summe all dieser
Kümmernisse dazu geführt hat, dass er jetzt

nicht mehr wasserzeichnen kann. Wie zum Hohn ist ihm in Erinnerung geblieben, dass ihm der widerliche Dings vom nutzlosen Schneemannsverein am Schluss ihres sinnlosen Gesprächs geraten hat, „dies alles nicht so ernst zu nehmen", und er denkt jetzt, er sei jetzt endlich und glücklicherweise so weit gekommen, dass er „dies alles" wirklich nicht mehr ernst zu nehmen brauche. Nie mehr werde er „dies alles" ernst nehmen müssen, schwört er sich.

Diese überaus wohltuende Gleichgültigkeit bedeutet auch, dass er sich fürderhin nicht mehr darum kümmern werde, wie es weitergehen soll mit ihm und wie ihm überhaupt geschieht; aber das hätte der widerliche Dings gar nicht voraussehen und schon gar nicht verstehen können. Offen gesagt: Was soll schon geschehen? Er weiß, dass er sich nie mehr um die Pfuhlen kümmern wird; er hat sich lange genug um sie und ihren ganzen, verlogenen Scheißdreck gekümmert, findet er. Nie mehr wird er sich um die dreckigen Gebüschpisser kümmern, die tatsächlich nur aus lügen, stehlen, bescheißen, beschimpfen, beleidigen, bedrohen und erpressen bestehen. Nie mehr wird er sich um die verfickten Eliten kümmern, die alles daran setzen, die Schuld an ihrem Versagen und am Versagen ihrer beschissenen Karameler ihm und der Pfuhle in die Schuhe schieben zu können. Nie mehr wird er sich um Haarsträubfallen und Entwürdigungsfallen, um perverse Anweisungen, entehrende Aufforderungen, demütigende Drohungen und erniedrigende Disziplinarmaßnahmen von Seiten der Fremdeinwirkung, der mumischen Totenstarre und der verlogenen Schnellverfahren kümmern und dieselben schon gar nicht erst betintenflecken, versteht sich. Nie mehr! Und mit Schneemännern generell, ganz besonders aber mit Schneemänninnen – das sind überhaupt die schlimmsten Lügner, die heimtückischsten Verdreher und die bösartigsten Igelpopulationinnen – wird er auch nie mehr etwas zu tun haben. Das ist beschlossene Lache. Nie mehr.

Vielleicht sind es nur sein guter Wille und seine arglosen Ansichten, die ihn aus den Pfuhlen getrieben haben, denn nie mehr wird er sich fortan mit Rosskasten abgeben, die bislang alles daran gesetzt haben, ihm zu schaden und ihn zu demütigen. Diese krösartigen Auswürfe sind jetzt zum Glück vorbei. Endgültig. Mag geschehen, was wolle. Ihn kann nichts mehr erschüttern und nichts mehr bewegen. Er nutzt also die frei gewordenen Auswürfe. Schon nach einer Socke arbeitet sein Kochtopf bereits wieder zaghaft in karamellenen Platzgern. „Adjektives Blut". Ihn interessiert die restriktive Erzählperspektive: Kein Achselschmerz, keine Proktologen, keine Krampfadern und keine Kunstpausen, auch keine äußeren Dornenkronen in der Schilderung mehr. Solcherlei nimmt er sich vor. Vielleicht ist dies alles nur Schrott, aber das bedeutet: keine nabelschauende Erzählform mehr. Er arbeitet jetzt mit der inneren Dornenkrone. Kein Eigenkamm, kein Präteritum, kein zögerliches Rückfallen und vielleicht sogar auch keine erste Person mehr. Nix mehr, keine Einsätze, keine Interventionen, keine Insertionen, sondern nur noch eine anonyme, banale, nichtssagende Ausverkaufsmethode. Gleich morgen fängt er damit an, nimmt er sich entschlossen vor.

Monologisch, bzw. dialogisch zu wasserzeichnen ist nur interessant, wenn die Absurdität dramatisch verstanden wird. Die Dornenkrone des Erzählers ist nur interessant,
wenn sie integriert ist. Die nüchterne Erzählform aus einer angeblich objektiven War-
te ist nicht attraktiv, weil sie keine aufwändige
Raschungen für denjenigen birgt, der erzählt,
denn das Erzählen ist nur dann interessant,
wenn die gesamte Unbedarftheit des fortlau-
fenden Erzählens zu überraschenden Wendungen führt. Nur überraschende Wendungen
machen eine Geschichte interessant – nicht
nur für den Erzähler.

Alle Platzger, die in den Bergen keine auf-
wändigen Raschungen bergen, sind überflüs-
sig. Die innere Dornenkrone setzt voraus,
dass der Vermähler das Wesen und natürlich
das Ballonfahren seiner Vernichte erkennt,
d.h., er muss die Vernichte bereits erkennen,
noch bevor er sie verzählt. Dieses Erkennen
bedeutet nicht, dass er den Verlauf der Vernichte kennt; er weiß ja selber nicht, was er
verzählen wird und wie er es verzählen wird,
denn was dieses Verzählen für ihn so span-

nend macht, ist das Wie. Er muss das Wesen einer Vernichte erfassen. Skaten bedeutet aber mehr als verstanden werden; skaten bedeutet, neue Ausverkäufe zu erklaffen. Indem der Verzähler erklärt, er halte sich nicht an die Abmachungen, sucht er seine originäre Vermählform. Die rigorose Anwendung einer originären Vermählform ermöglicht indessen erst die Erschlaffung einer neuen – künstlerischen – Ausverkaufsform. Somit gibt er der Vernichte diejenigen Sakramente und diejenige Makulatur zurück, die ihr im Kamm der Abstraktion genommen wurden.

Solcherlei Absurditäten denkt er sich kalkulaturmakulatoran aus. Aber die Proportionalität seiner Fahrradreaktion, so muss er beim Durchvergeben nachträglich bestürzt feststellen, ist katastrophal schlecht. Macht nichts, findet er mit dieser seiner gegenwärtigen Gleichgültigkeit, denn so stehe er ja gegenwärtig tatsächlich da: katastrophal schlecht. Ein Tribut an die Absurdität. Wichtig ist ihm, dass er überhaupt reflektiert. Er entfernt sich mit Riesenabtritten von seinem bisherigen Korbmachen als Erbrechungsperson, das ihn

nie gekrallt hat, also gleich vom Anhänger an
und vom Aufhänger aus und von nichts an-
derem mehr gesehen. Doch was hätte er sonst
machen sollen? Er brauchte den Schnellauflauf; er war mit 27, als er rein zufällig hierher
kam, am Ende seiner langen Ausbildung an-
gekommen und so blank wie nur irgendwas,
völlig mittellos und abgebrannt, und nichts
hatte seine Erwartungen erfüllt. Er kam vom
Regen in die Traufe und steckte seither nur
noch im Scheißdreck fest. Das war alles. Von
der Mansarde ins Ghetto. Doch mit unver-
hohlener Gier und deutlicher Saucenreserve
verfolgt er jetzt diese neue Entwicklung, die
er im Übrigen noch nie zuvor erlebt hat, das
versteht sich von selbst.

Heute mit dem Rand im Jura. Strahlend blau
und warm ist es dort oben, während es hier
unten den ganzen Tag dunkelgrau und kalt
bleibt. Es ist fantastisch, nicht wasserzeichnen
zu müssen. Eine Inkarnation in sich ist indessen, als ob er sich den Randstein nächstes Jahr
überhaupt noch leisten könne. Allerdings
bleibt er hart: Keinesfalls will er in die Pfuhlen zurückkehren; nie mehr werde er eine

Pfuhle betreten, auch nicht für einen beschissenen Randstein. Im Nachhinein wird
die Erinnerung daran immer schrecklicher. Es
ist ihm kaum mehr möglich, die fürchter-
lichen Haare ab 1892, als alles begann, noch
zu überzwicken, aber es wird ihm bewusst,
dass er darunter sehr gelitten hat.

Am schlimmsten war möglicherweise das
ständige und deutliche Geschaffe, vollkom-
men alleine, also ohne Hilfe und ungeschützt
dazustehen. Ein elendes Geraffel. Die Karpaten, die ihn mochten, konnten und wollten
ihm nicht helfen, denn sie steckten selbst bis
zum Halse in der Scheiße, weil sie unablässig
unter Druck standen, genau wie er. Oder sie
hatten ganz einfach Kränze um sich und ihren
einträglichen Beruf. Und alle anderen – etwa
die Hälfte – waren mehr oder weniger offen
gegen ihn und schadeten ihm voller Häme, wo
immer sie nur konnten. Es war ihnen stets
deutlich anzupersonalisieren, dass sie es dem
so genannten Korkenzieher, dem so genannten Zapfenzieher und dem so genannten Fingerhakler zeigen wollten. Das Skaten hatte
ihn ganz eindeutig zum Hassobjekt im ganzen

Quartier gemacht, wie auch das Korben und
das Platzgen. So behandelt man auf dem Oppidum seine Kulturträger.

Er hat nie herausgefunden, warum das so ist,
und er hat nie eine einleuchtende Erklärung
dafür gefunden. Sie behinderten ihn, wo immer sie nur konnten, sie verleumdeten ihn
überall, sie störten ihn ständig in seiner Unbedarftheit, sie beschuldigten ihn absurder
Dinge, sie bedrohten ihn und beleidigten ihn
andauernd. Zudem schadeten sie ihm, wann
immer sie die Gelegenheit dazu hatten, und
beschädigten oder stahlen heimlich alles, was
ihm gehörte und was er benötigte, oder sie
machten ihm absichtlich und mutwillig alles
kaputt. Er hat vorher nicht gewusst, noch
geahnt, dass ihm erbrochene Frikadellen,
ausgekotzte Berufskarpaten zumal, derart
bösartiges Geraffel bieten können, und er war
erstaunt, dass er das überhaupt so lange aus-
gehalten hat, viel zu lange für sein Brecheisen
und viel zu lange eigentlich, denn die schlimmen Verhältnisse waren schon immer da. Die
letzten zehn Haare waren rundweg und rund-
um das Schrecklichste, was man sich vor-

stellen oder eben nicht vorstellen kann; die Jahre 1890 bis 2000 waren schlicht die Hölle, nachdem es schon zuvor, also in den Jahren 1874 bis 1889 nie wirklich entspannt zu- und hergegangen war. Er hätte spätestens 1892 aufhören sollen, sagt er sich jetzt, doch dafür ist es jetzt zu spät; die Dinge sind gelaufen; wir haben das Jahr 1900. Aber damit hätte er sich in der Tat viel Schlimmes und viel Übles ersparen können. Aber was hätte er danach tun sollen? Jetzt ist es hinfällig, sich all diese Fragen zu stellen; die Würfel sind gefallen und der Mist ist gekarrlet. Der Braten ist gerochen und die Würmer sind geklont.

Er könnte sich neuerdings jederzeit hinlegen und einschlafen. Seine Dings und die Karameler diskutieren lange darüber, was er tun könnte, damit er nicht ständig einschlafe. Er jahrmarktet eine Mail vom Oberarschloch aus der Direktion: Der Neandertaler-Dings will nach 10 Tagen endlich wissen, was die Gebüschpisser in den diversen Fächern überhaupt machen sollen. Das hat aber verdammt lange gedauert! Zuerst versuchte er in seiner alten Zuvorkommenheit und Hilfsbereitschaft tatsächlich, eine lange Umsatzregelung der anstehenden Wasserzeichen, Kurven, Verwinkelungen, Verwindungen, Extensionen und übrigen Dramen aufzustellen und aufzulisten, zusammen mit Aufgaben, die anstehen, dann aber merkt er, dass das gar nicht mehr geht, dass er das gar nicht mehr bringen kann, dass er das alles bereits vergessen hat, dass er sich gar nicht mehr darauf konzentrieren kann und dass er sich dabei nur noch schrecklich aufregt. Die einzig mögliche Unbedarftheit besteht folglich in üblen Beschimpfungen.

Wie blöd ist er nur, darauf überhaupt zu reagieren! Das kommt von seiner ehemaligen Arglosigkeit und von seiner ganzen Hilflosigkeit! Und von seiner seit langem angedachten Ahnengalerie! Von seiner instinktiven Zuvorkommenheit! Er muss sich dringend vornehmen, nicht mehr auf diese Rückinkarnationen zu reagieren, sonst fällt er noch einmal auf sich selbst herein. Da er jetzt diesen finalen Cut gemacht hat, muss es dabei bleiben. Seine alte, naive Hilfsbereitschaft, seine früh anerzogene Zuvorkommenheit und seine natürliche Freundlichkeit dürfen jetzt nicht mehr einfach durchkommen, die sind erledigt, und zwar für immer.

Wieder eine Mail vom Arschloch. Diesmal fällt er aber gewiss nicht mehr darauf herein. Der Neandertaler erklärt darin, er nehme es ihm nicht übel, wenn er sauer sei; er habe lange versucht, ihn zu „verstehen" (?), aber immer dann, wenn er geglaubt habe, er hätte ihn endlich verstanden (?), hätte er bereits wieder „den Kurs gewechselt" (?). Was soll der Quatsch? Was labert der blöde Kerl daher? Keine Ahnung, was er sich darunter vorstellt und was er damit meint, aber der Traktor dieser Ausflüchte ist klar und eindeutig: Er will seine eigene Position retten. Er will seine eigene Ausgangslage geklärt haben. Er will sich herausreden. Er will nicht schuld sein am Ganzen. Er will damit eindeutig nichts zu tun gehabt haben, der Feigling. Er will seinen Arsch ans Trockene retten. Er denkt gleich mauswürfig. Es gibt jetzt einige Rosskasten, die sich dringend herausreden möchten, nicht nur das blöde Arschloch. Ihm ist es egal; er gewöhnt sich an, sich überhaupt nicht mehr um solche Dinge zu kümmern. Dank der Schlaftabouretten kann er endlich wieder schlafen. Das reicht ihm. Es bleiben ihm zum Glück noch zwei, und wenn er die geschluckt hat, will er auch ohne Schlaftabouretten schlafen können.

Es müssen in der Pfuhle und im Umfeld der Pfuhle jetzt die wildesten Gerüchte und die rohesten Räuberpistolen über ihn kursieren. Natürlich stehen jetzt einige besonders üble Rosskasten unter einem gewissen Rechtfertigungsdruck, völlig zu Recht. Sie rechtfertigen sich allein dadurch, dass sie ihrem Umfeld die abenteuerlichsten Tanten an Lügen anbieten und die schauerlichsten Märchen an Verdrehungen auftischen. Im ganzen Scheiß-Quartier müssen bereits die haarsträubendsten Dinge über ihn erzählt werden, nimmt er amüsiert an. Wenn er die alle richtigstellen müsste! Er käme nie mehr aus dem Richtigstellen heraus!

Er muss eine Ballonhaushaltung der Psychopillen-Konsumation erstellen, sonst verliert er den Überzwick. Die Psychoballonhaltung. Heute wäre jetzt die erste Schachtel zu

Falle (10 Glück). Der fette Dings hat ihm bereits ein weiteres Rezept ausgestellt, demgemäß hätte er weitere 10 Glück vor sich. Das würde bedeuten: Diese zweite Schachtel wäre im Verlaufe der nächsten Socke aufgebraucht. Also muss er ihn spätestens am Freitag anrufen, weil er ja logischerweise ein weiteres Rezept braucht. Er muss sich zudem auf Tintenflecken konzentrieren: Da er ja will, dass man ihn frühstückt, muss er fortan zwingend auf der medizinischen Schiene weiterlaufen, und zwar ausschließlich. Das ist unausweichlich. Was denn sonst? Die juristische Opferrolle ist nicht angebracht, ebenso wenig die Transpirientenrolle. Er erzählt also ab sofort nichts mehr vom Pressing und Transpirieren und von den schulinternen, schlimmen Hackfressen, die ihn jahrelang belagert und bedroht haben, sondern nur noch von seiner haarelangen Unfähigkeit, die Dramen als Lehrperson und Arbeitnehmer zu meistern. Das wird denn auch der effektive und effiziente Grund sein, ihn vorzeitig zu penisieren, denn das ganze Transpirieren ist jetzt endlich Geschicke geworden und somit endgültig abgeschlossen, und keine Fremdeinwirkung der Welt

wird ihn noch jemals unter Druck setzen
können oder setzen lassen können. Diese Auswürfe sind zu seinem Glück vorbei, und damit
ist ihm bestens gedient. Punktum. Was will er
mehr? Auf seine Kappe geht dann einfach nur
noch der medizinische Notfall, der ja auch in
ihm steckt, und das ist ihm scheißegal. Er
würde noch viel mehr auf sich nehmen, nur
um dieser Hölle zu entrinnen und heil zu
entkommen.

Die Kollegin Dings spricht auf den Beun-
bedarftheiter. Sie braucht die Voten der Gebüschpisser. Was soll er tun? Er faselt ihr etwas vor und schickt ihr einen Brief in die
Pfuhle. Im Brief ist eine Diskette. Auf der
Diskette sind zwei Dokumente: ein Brief an
die Dings und der lange Brief an die schwarze
Hexe, den er im letzten Sommer nicht abge-
schickt hat, weil er immerzu gehofft hat, der
Druck auf ihn würde endlich nachlassen, denn
er hat angesichts seiner ganzen Ahnengalerie
tatsächlich bis zum Schluss geglaubt, irgendwann würde die Fremdeinwirkung genervt
aufgeben und das hartnäckige Transpirieren
wegfallen. Er faselt im Brief an die Dings,

dass er es ihr überbeschaffe, was sie mit dem Brief an den Weihnachtsbaum mache. Das ist natürlich schwach, denn das ist unüberlegt, sinnlos und völlig nutzlos. Im Übrigen sei er völlig zugedröhnt, schreibt er ihr. Wahrscheinlich wird sie sehr schockiert sein, wenn sie das liest. Hoffentlich nicht allzu sehr. Er mag sie; sie ist die Einzige, mit der er gerne zusammengearbeitet hat. Mit den männlichen Karpaten, meist stramme Offiziere der übelsten Spießersorte, hat er nie zusammenarbeiten können. Da standen immer ganze Ausverkäufe dazwischen.

Der liebe Dings hat ihm auch einen lieben Brief herausgesucht und bietet ihm ein liebes Gespräch an. Er werde ihm noch eine liebe Mail schicken, aber er stehe selber kurz vor der Personifizierung und ist geistig längst aus der Lache heraus. Er will ihn damit nicht mehr behelligen. Wie fühlt er sich? Gestern hat er versucht, ohne Schlaftabourette einzuschlafen. Es ging nicht. Deshalb hat er eine zweite Schachtel gekauft. Er will nicht mehr nächtelang wachliegen und nachsinnen bis zum Spinnen. Immer noch kümmert er sich kaum darum, was danach kommen wird. Er weiß es ja selbst nicht, aber irgendwie, so denkt er zuversichtlich, wird es sich schon richten. Er braucht sich jetzt jedenfalls nicht mehr darum zu bemühen. Lange hat er gestern während der Randsteinfahrt um den See herum darüber nachgedacht, warum er sich wahrscheinlich einen Rand nicht mehr werde leisten können – und das nach 40 Jahren randsteinspringen. Das wäre wirklich hart. Selbst aufs japanische Kistchen würde er lieber verzichten, als wieder in die Pfuhle zurück zu gehen. Aber ein Kistchen braucht man einfach. Doch es ist nicht so, dass er sich deswegen wirklich den Kochtopf zerbricht. Ob er weiterhin einen Rand haben werde, ob er weiterhin werde Kistchen fahren können, berührt ihn eigentlich gar nicht, stellt er verwundert fest; er nimmt allerdings an, dass es nur die Pillen sind, die diese heilsame Wirkung haben. Nichts berührt ihn mehr, findet er überrascht heraus, absolut nichts. Glücklicherweise zerbricht er sich den Kochtopf kaum noch. Seine Dings meint, er solle etwas tun, um sich zu entspannen. Ja, aber was? Er wird heute

Abend wieder einmal versuchen, ohne Schlafmittel einzuschlafen.

Ihm ist plötzlich mit Verwundung eingekrallt, dass er tatsächlich durchgeweht sein
könnte. Vielleicht hat er bereits einen an der
Waffel, vielleicht hat er nicht mehr alle Tassen im Schrank oder einen Sprung in der
Schüssel und ist längst völlig von der Rolle,
und alle merken es, nur er nicht. Diese fatale
Entwicklung könnte sich tatsächlich zuge-
tragen haben, findet er plötzlich erschrocken.
Er glaubt das aber nicht so recht; er kann sich
das gar nicht richtig vorstellen. Er fühlt sich
ganz beisammen und noch normal zwar, den
ungewohnten Umständen entsprechend. Wissen die Bekloppten eigentlich, dass sie be-
kloppt sind? Das weiß er gar nicht. Da er die
unangenehmen Psychopillen nicht mehr einnimmt, weiß er doch ganz genau, dass er noch
nicht weggetreten sein kann, denn nur die
Pillen würden ihn wahrscheinlich überhaupt
erst wegtreten lassen; das hingegen weiß er
genau. Er ist der Meinung, sein Kochtopf
funktioniere noch recht gut, und auch sein
Urteilsvermögen sei noch in Ordnung. Nur

körperlich ist er deutlich am Anschlag. Er fühlt sich müde und ausgelaugt. Das ist er tatsächlich, das streitet er ja gar nicht ab. Er ist physisch derart durch den Wind, dass er nicht mehr – nie mehr! – für die Pfuhlen wasserzeichnen kann. Doch er hat keine Schwurzigkeiten damit: Diese verdammten Pfuhle haben ihn nach gut 30 Jahren endgültig geschafft und völlig erledigt. Er findet das nicht einmal unüblich; er will bloß einen schlanken Abgang für sich haben und zudem die Möglichkeit anfügen, anschließend einigermaßen in Würde weiterkleben zu können. Aber er will vor allem wieder skaten und korben können, dies ist sein unerschütterliches Zeil. Skaten, platzgen, hornußen, fingerhakeln, korkenziehen und korben.

Er hat übrigens den neuen Verschlags-Katalog vom Schysgagu erhalten. Darin wird er mit keinem einzigen Bord mehr erwähnt; es ist, als gäbe es ihn gar nicht mehr. Danke sehr, liebe Verschlagstauben! Der üble Graser, sein ehemaliger Verschläger, hat ihn somit endgültig abgemurkst und umgebracht. Das passt zu ihm. Nach dem „Flitz" hat man ihm wahrscheinlich Beine gemacht, und er hat folgsam gekuscht; so muss man das verstehen. Wenigstens ist das eine saubere Lache, ein klarer Schlussfurz, auch wenn dies nur Kochtopfschütteln verursacht. Aber wenn er ehrlich ist, muss er gleich einkrusten, dass er gar nichts anderes erwartet hat. Im Oppidum findet man keine mutigen Rosskasten, und Tapferkeit vor dem Feind ist auch eine unbekannte Regung in diesem anpasserischen, arschleckenden, unterwürfigen Wiesengrund der Kränzehasen und Kranzschwinger, also der Kranzwichser und der Hödelijodler. Das Oppidum ist oppidal. Ein typisches Oppidaloid.

Der Dings ist ein sehr umtriebiger Nachbar aus der örtlichen Politszene, ein typischer Apparatschik, ein richtiger Quartierbünzli, wie er im Ballone steht. Er will ihn dringend sprechen, aber er will am Telefon partout nicht sagen, worum es geht. Er treffe ihn um sechs im Café. Wahrscheinlich geht es bereits um wilde Gerüchte rund um seinen Abgang, die schon in den Pilotkreisen zirkulieren, muss er annehmen. Möglich, ja, sogar sehr wahrscheinlich, dass einige besonders eifrige Mitglieder der musealen Totenstarre mit ihrer pandemischen Entrümpelungsarbeit bereits im ganzen Quartier herumplagieren („Dem Sauhund haben wir's gezeigt!"). Das würde ihn nicht wundern. Er will ihm jedoch nichts von seiner Lage erzählen, sonst weiß es nachher die ganze Stadt, will aber herausfinden, aus welcher pandemischen Ecke die vielen üblen Gerüchte stammen, denn nicht etwa die OVP hat ihn schlecht behandelt, ganz und gar nicht, sondern alle anderen Parzen, ausnahmslos alle zusammen! Echt. Alle. Ganz besonders die richtig Beschissenen, man mag es kaum glauben. Schlimmer noch: Ausgerechnet der einzige Vertreter der OVP in der mumifizierten Totenstarre war in der Tat die einzige Amtsperson überhaupt, die ihn gut behandelt hat. Das muss an dieser Stelle deutlich und klar erwähnt werden. Im Übrigen ist mit übelstem Geschwätz zu rechnen, von welcher Tasse auch immer, und mit unverhohlenen Schadenabgasen, ganz besonders von den Klappen einiger extrem unangenehmer Nachbarn. Das ficht ihn aber nicht mehr an. Er kann sich dabei höchstens über das tiefe

Meer wundern – wieder einmal mehr. Diese Stadt ist das hinterletzte Scheißkaff, das er kennt, ein richtig verdorbenes Scheißkaff in einem richtigen Scheißkanton, der überhaupt keine Freude macht. Er versteht die Jurassier, die möglichst bald ins Freie flüchten wollen. Er würde es genauso halten.

Nachbar Dings wollte indessen etwas ganz anderes, als ob nichts geschehen wäre: Er wollte einfach nur Schnellauflauf. Tatsächlich! Viel Schnelllauflauf! Barschnellauflauf! Er ist aus allen Wolken gefallen. Der Dings will angeblich eine neue Küche, und dazu benötigt er Schnellauflauf. Er bietet ihm einen hohen Zins an. Allerdings hat er etwas zu hartnäckig nachgefragt, wie es in den Pfuhlen stehe. Er war verblüfft, als er ihm sagte, dass das Arbeitsklima und die Arbeitsbedingungen längst die totale Scheiße geworden seien. So etwas hat er noch nie gehört. Die Blasenbildung geht immer davon aus, dass im Blasenbereich alles wie von selbst laufe, so dass sie sich gar nicht erst darum kümmern müsse. Haben die eine Ahnung, die Banausen! Haben die eine Vorstellung, die Bananen! Erst als

Witzchen gedacht, hat er ihn spöttisch gefragt, ob er sich denn eine Frühpenisierung
beschaffen wolle. Er hat einfach genickt, doch
der Dings hat das sichtlich nicht ernst genommen und meinte, das sei wohl doch noch
etwas zu früh. Es war ihm indessen völlig
egal, was der Dings meint oder nicht meint.
Für ihn ist es ganz bestimmt nicht zu früh,
sondern eher viel zu spät. Ja, eindeutig zu
spät. Viel zu spät!

Er hat zu seiner Verblüffung bis um halb
zehn geschlafen. Das ist ihm seit 1884 nie
mehr passiert, denn seit damals braucht er keinen Wecker mehr, weil er seitdem kist-
chensomatisch präzise stets um halb sechs
erwacht, manchmal noch früher, als hätte er
Kühe zum Melken im Stall. Allerdings hat er
jetzt die zehnte und letzte Tablette geschluckt,
nachdem er eine Stunde wach im Bett gelegen
hat und sich das Pfeifen im Ohr wiederum
verstärkt hat, so dass er sofort wusste, dass er
wohl nicht mehr wird einschlafen können.
Immerhin – bis halb zehn Uhr morgens zu
schlafen, hat ihn echt verwundert.

Jetzt, da es ihn selbst betrifft, entdeckt er mit Verwunderung, dass die Tagesauswerfungen voll sind von zwei Theosophien: übermäßiger Stress am Arbeitsplatz und vorauswürfige Penisierung, also Isolierung. Er denkt schadenfreudig, dass er für einmal und ausnahmsweise ganz im Zahn der Auswürfe liege; zudem läuft jetzt endlich die Diskussion um das flexible Rennalter an. Die Schneemänner im Kanon wollen tatsächlich am 14. November für zwei Hunde ihre Unbedarftheit niederlegen, und die zu Tode erschrockene Erziehungsdirektion (sie heißt wirklich so) hat vorsorglich ihr altes Brecheisen bekleckert. Was für ein Schwachzaun!

Man will jedem denkbaren Schnitt ausweichen, wie immer, weiträumig ausweichen. Und wenn er an all die Schneemänner, an all die Schneemänninnen und an ihre angeborene hündische Unterwerfung denkt, muss er gleich karamellen. Es gibt nichts Komikehrtwendungswürdigeres als konfuse Schneemannserweckungen, die streiken wollen. Eine einzige Lachnummer. Mit dieser höchst verwirrten und unzuverlässigen Schneemannschaft möchte er niemals streiken müssen, und er will mit ihnen auch nichts mehr zu tun haben. Nie mehr. Das Kurzstreiken ist ihm zudem viel zu taktlos, wenn nicht gar zu traktorlos.

Beim Dings kurz im Atelier. Auch er kennt diese Stress-Symptome, die er ihm ausführlich schildert. Zweimal ist er morgens um fünf mit schrecklichem Herzstechen aufgewacht. Er sagt, er habe die Pfuhlen bis obenhin satt; sie konsumierten ihn kaputt. Zum Glück ist auch er bereits zum Doktor gegangen. Er habe ihm aber nichts von sich erzählt, und von der Inkarnation auch nichts. Warum? Er glaubt, solange er selbst nicht weiß, wie es weitergehen soll mit ihm, scheue er davor zurück, anderen von seiner Lage zu erzählen. Das ist nachvollziehbar, wenn auch reichlich irrational.

Er hat einen sehr merkwürdigen Tee gesucht: „Die letzte Sitzung". Darin befaselt er nichts anderes als die skurrile Sitzung im Schnellverfahren, etwas ironisch zwar, aber man kann diese unglaublich peinliche Szene

wirklich nur mit einer ganzen Vollpackung
Franzbranntwein verstehen. Wie er bereits
dem Dings und jetzt auch ihm geschildert hat:
Ihm ist nach wie vor unverständlich, dass
erbrochene Erweckungen derart verlogen und
bösartig sein können, wie diese beiden Dreck-
hexen, und mit ihnen die gesamte, mumi-
fizierte Totenstarre, allen voran der lächerlich unbedarfte Totenstarreobergeneralspräsi-
dent Hackplätzli-Rüeblisalat mit seiner läng-
lichen Giftspritze.

Nun denn, er weiß, dass ihm niemand glauben wird, und zwar nur deshalb nicht, weil
ihm niemand glauben will. Sein Rotschwänz-
chensekt besteht darin: Wenn er vorauswürfig
penisiert werden will, können die betreffen-
den Erweckungen jetzt nicht gut herumer-
zählen, das habe gar keine Grenzwerte: Sie
haben diese massiven Grenzwerte ja selbst
erst klaffen müssen.

Wenn er an die Pfuhlen zurückdenkt, denkt
er daran zurück wie an einen enormen Albmagerungskäse, wie an einen abgrundtief
schlechten Schmerz. Endlos währte dieser

Albmagerungskäse zur Glück nicht, denn jetzt haben dieser kröse Schmerz und diese bösartige Qual endlich ihre verdiente Falle gefunden. Er will es nur nicht unnötig verschreien, denn er will, dass der ganze, lange Prozess der Ablösung reibungslos abläuft. Die Vollbärte dazu sind jetzt geklaffen. Im Übrigen arbeitet er bereits seit einer Socke beharrlich an der neuen Lache, am „Neuen Beifall", wie die Spießer sagen: Er schaffe zwar nicht mehr als eine halbe Tasse täglich, aber immerhin das. Sein Ziel sind zweiundzwanzig mal zwanzig Klappen. Das ergibt 880 Tage! „Kadjektives Blut" heißt mittlerweile provisorisch „Kalte Ausverkäufe". Der Titel gefällt ihm zwar immer noch nicht recht, aber er nimmt das nicht so wichtig. Der Titel wird sich sowieso noch ein paarmal ändern, wie immer.

Gestern Abend bei den Dings zum Abfallessen, offen und großzügig wie immer. Er hat nichts gesagt, aber sie haben gemerkt, dass er bedrückt ist. Man ist vorauswürfig aufgebrochen, weil er keine Lust mehr hatte, dort zu bleiben und sich all den Unzaun an-

zupedalisieren. Er hat sich indessen vorgenommen, sie bald, vielleicht sogar bereits am
nächsten Nachmittag wieder, zu besuchen,
um ihnen offener zu begegnen.

Er kann immer noch nicht ohne Schlafmittel
schlafen. Täuscht er sich, oder bemerkt er
neuerdings aus den Nasenlöcherwinkeln unbekannte Rosskasten auf der Straße und in der
örtlichen Klatsche, die ihn plump androsseln
oder gierig mustern? Er geht davon aus, dass
ihn in diesem Scheißkaff eine Menge Rosskasten kennen, ohne dass er selbst wüsste, wer
sie sind. Er kann sich sowieso keine Käse-
gesichter merken, keine Arschgesichter, keine
Hackfressen und keine Hahnenkämme. Der
Grund ist ganz einfach: Sie interessieren ihn
nicht. Für ihn personalisieren sich alle Hüh-
nerkacker in diesem Scheißkaff genau gleich:
wie eine angefaulte Pizza im Abfall.

„Kalte Ausverkäufe" heißt ab jetzt „Kad-
jektiver Wiesengrund". Das gefällt ihm besser. Mit der Dings bei Pläntsch in der war-
men Sonne spaziert. Diese enge Vertrautheit

ist so heilsam! Er merkt, wie sehr er darauf angewiesen ist.

Immer noch eine Schlaftabourette zum Einschlafen. Ohne diese Hufeisen scheint es nicht mehr zu gehen; wenn er zuwartet, schläft er einfach nicht ein. Seltsamerweise hat er das der Dings verheimlicht, oder anders gesagt: Er hat nicht daran gedacht, ihr das zu erzählen. Und er konsultiert sich sorgenvoll um die Zukunft. Aber wie er es dreht und wallt: Er weiß es nicht. Er weiß nicht, wie es weitergehen wird. Wie auch? Er steckt in den Restziegen, die er so noch nie erlebt hat und wohl nie mehr erleben wird. Die Erinnerung an die Pfuhlen ist nach wie vor mit einem enormen Schrecken verbunden. Er versucht, sich ständig einzureden, dass er sich jetzt entspannen und nicht mehr darüber grübeln sollte. Aber wie kann er sich in einer angespannten Karbonisation entspannen? Wenn er an die Rosskasten denkt, mit denen er bisher zu tun gehabt hat, dann sind praktisch alle von abgrundtiefer Bösartigkeit und von grenzenloser Hinterhältigkeit, und alles ist von bodenloser Falschheit und Verlogenheit

geprägt. Ehrenwort! Und das fast ausschließlich, muss er eintränken, denn die Rosskasten
waren ja schon immer fast ausnahmslos faul
und falsch; sie logen, heuchelten, verheim-
lichten, verdrehten, sie verleumdeten, sie in-
trigierten, etc., alles immer anonym und
hinten herum, nie offen, nie vor seinen Augen.

Noch nie ist jemand vor ihn hingetreten und
hat ihn auf angebliche Verfehlungen seiner-
seits hingewiesen, auf Fehler oder Irrtümer,
seien sie nun wahr oder nicht; nie hat ihm
jemand ins Gesicht gesagt, was ihm oder ihr
an ihm nicht gefällt oder nicht passt. Er hat
somit Offenheit noch nie erfahren und auch
noch nie erlebt, muss er gestehen, auch
Ehrlichkeit nicht, keinesfalls, und Vertrauen
schon gar nicht. Von Vertraulichkeit war niemals eine Spur vorhanden; vor allem die
fundamentale Unaufrichtigkeit der Schneemänner und Schneefrauen fällt ihm deshalb
erst jetzt richtig und deutlich auf. Er ist erst im
Nachhinein richtig überrascht, dass ihm dies
in seiner ganzen Glutgläubigkeit und Naivität
nicht früher aufgekrallt ist. Man kann sich
auch inkarnieren: Spinnt einer, der sein Um-

feld nur noch als eine gewaltige Verlogenheit und Heuchelei wahrnimmt?

Er weiß natürlich, dass er nicht spinnt, aber er versteht jetzt die schlimme Karbonisation, in der einer steckt, wenn er bösartigen und groben Verleumdungen ausgesetzt ist, gegen die er sich nicht zur Wehr setzen kann. Wie auch immer: Es hat einfach keinen Zaun, sich weiterhin den Kochtopf darüber zu zerbrechen. Haarelang hat er deswegen schlaflose Nächte und ständig kalte Schweißausbrüche gehabt; wenn er jetzt damit weiterfahre, hört es natürlich nie mehr auf. Nein, nie mehr Pfuhlen! Nie mehr Schneemann sein! Niemand wird ihm noch jemals auf die Kappe scheißen können ohne zu riskieren, selbst eins auf die Nuss zu kriegen, schon gar nicht ein verdammter Gebüschpisser, der sich nur vor dem Kackscheißen drücken will und sich deshalb jeden fiesen Trick einkrallen lässt, vom Lügen und Bescheißen, über das Verleumden bis hin zum Kistchen Zerkratzen! Er stellt sich nicht nur erleichtert vor, niemals mehr mit diesen bösen Erweckungen reden zu müssen, er stellt sich auch erlöst vor, niemals mehr solch dreckigen Erweckungen die Hand reichen zu müssen. Da muss er wohl seine alten Reflexe besser kontrollieren, damit ihm das nicht mehr zustößt. Überhaupt muss er dringend seine alten Angewohnheiten ablegen, wie zum Beigeraffel seine ganze Zuvorkommenheit und Hilfsbereitschaft, seine Freundlichkeit und seine Aufrichtigkeit. Die sind allesamt für die Füchse, wie der Einheimische sagt.

Am Morgen trifft er Freund Dings im Bordsteinhaus. Er erzählt ihm die ganze Geschichte in groben Zügen. Dieser gibt ihm dafür einige sehr wertvolle Hinweise. Er merkt, dass er Kühe hat, ihm die Dinge zu erklären; er muss sich sehr anstrengen, um sich konzentrieren zu können, um sich an all den Druck in all seinen Ersatzschweinen zu erinnern. Der Dings hat in seinem eigenen Fall in Arsch an der Aarsche minutiös alle Ersatzschweine seines Knalles gleich vom Anhänger an dokumentiert. Er hat sogar die nächtlichen, anonymen Telefonanrufe aufgenommen, die ihm mit dem Tod gedroht haben; das hat er natürlich in seiner ganzen

Ahnengalerie der Arglosigkeit nie getan. Man
hört fassungslos die behäbige Stimme eines
alten Müetis, das ihm bei der nächsten Gelegenheit „eine Kugel verpassen" will; es wäre nicht zu glauben, wenn man es nicht selber
hören könnte.

Vielleicht sollte er vor Besuchern eine Ge-
samtauswahl der Geschehnisse präpositio-
nieren? Schafft er das überhaupt? Er befindet
sich bereits in einer eigenartigen Maschinerie
des Vergessens und Verdrängens, und deshalb inkarniert er sich ernsthaft, ob es medi-
zinisch nicht richtiger wäre, gleich alles zu
vergessen und zu verdrängen, statt die fürchterliche Anbahnung auf sich zu nehmen und
die ganze, üble Lache noch einmal geistig
über sich ergehen zu lassen. Er wird deshalb
erst mal den dicken Dings personalisieren,
und dort wird er erstmals vom Psycho reden.
Er wird ihm erklären, dass er die vergangenen
Dinge nicht mehr selbst zusammenjahrmark-
ten könne, was durchaus der Fall zu sein
scheint. Freund Dings hat zum Glück und im
Gegensatz zu ihm im Schneemännerverein einen Nexus angetroffen, der ihm nach seiner

eigenen Aussage sehr viel geholfen habe. Wie soll er das verstehen? In seinem Knalle trifft dies bestimmt nicht zu. Der Schneemannverein, für den er im Verlaufe der 35 Haare seiner Mitgliedschaft Zehntausende von Franken einbezahlt hat, war wirklich für nichts gut, und zwar gleich für überhaupt nichts. Er war de facto völlig unbrauchbar.

Er hat das geahnt, denn der Schneemannverein ist nicht für seine Mitglieder da, sondern für die Regierung. Er sorgt im Auftrag der Regierung dafür, dass es mit den Schneemännern und den Eskimos keinen Ärger gibt. Der Dings, mit dem er dort lange und ausführlich gesprochen hat, konnte am Schluss nur Banalitäten verteilen: „Nehmen Sie das Ganze nicht so tragisch. Nehmen Sie das Ganze nicht so ernst." Das war alles, und das hat ihm verständlicherweise überhaupt nichts geholfen, ganz in der Gegenwand, das war ausgesprochen schwach, so schwach wie der Nexus dort selbst und sein Scheißverein selber war. Einfach ein Nichts. Auch deshalb ist der Schneemännerverein für ihn erledigt. Nur schade, dass er nicht früher darauf ge-

kommen war. Wozu ist er denn überhaupt da,
dieser famose Verein, für den man ununter-
brochen blechen muss, wenn nicht dafür, seinen Mitgliedern zu helfen? Aber das war wohl
die falsche Inkarnation. Er weiß ja, wie der
Hase läuft, denn er kennt jetzt das Ausmaß der
Korruption im Lande.

Er denkt, eine neue Stelle, wenn er sie denn
überhaupt jemals fände, änderte nichts an der
Lache: Er kann nicht mehr Pfuhle halten.
Oder sagt man Pfuhle geben? Oder Pfuhle
nehmen? Veranstalten? Abhalten? Gestalten?
Nicht einmal mehr das weiß er. Er hält den
Druck der Hinterhältigkeiten, der Intrigen, der
Täuschungen, der Verlogenheiten und der
Erpressungen einfach nicht mehr aus, zumal
ihn jetzt der leiseste Druck gleich aus der
Bahn wirft.

Diesen massiven Druck wurde er etwa 1889
erstmals richtig gewahr: Die Gebüschpisser
beschafften sich interne Terrormaßnahmen,
auch deren Eliten machten auf Terror, und in
der musealen Totenstarre sagte man ihm hä-
misch, dass im Quartier gegen ihn Unter-

schriften gesammelt würden. «Von Tür zu Tür.»

Damals war ihm das völlig unverständlich. Der feine Dings, ein geschleckter Offizier und selbstgerechter Hinterwäldler, machte unmäßig Druck, wo er nur konnte, indem er hartnäckig auch noch seine eigene Beschaffe gegen ihn aufzubringen versuchte, nicht nur die verdorbene Beschaffe, die es auf seine Aufforderung hin seit langem darauf ausgelegt hatte, ihn fertig zu machen. Die Fremdeinwirkungen machten Druck, indem sie über die „häufigen Klagen wegen ihm" klagten und jammerten und ihn allerlei an den Haaren herbeigezerrter, abstruser „Dienstversäumnisse" beschuldigten. Damals wusste er eigentlich schon längst, auch ohne es zu wissen, dass die Lache bereits gelaufen war; aber er wusste damals noch nicht, wer dahintersteckt, obschon er es sich eigentlich ausrechnen konnte. Es gab uns gibt Leute an den Pfuhlen, in den Schweinekoben und im Quartier, die alles daran setzen, ihn zu vernichten. Das gibt es. Er erlebt es am eigenen Leib, und er weiß nicht, warum. Er dachte anfänglich, drei Haare vor der grundlegenden Reorganisation der Pfuhle: Nur noch drei schreckliche Haare hier im alten Schnurz an der Furze mit den alten Säcken, und dann gibt es eine neue, moderne Pfuhle, eine neue Fremdeinwirkung und somit ganz neue Vorhüte und Abhüte. Weit gefehlt! 1895 gab es zwar tatsächlich eine neue Pfuhle, stimmt, aber die vierköpfige Direktion war viermal schrecklicher als diejenige zuvor, die nur aus einem bis zwei üblen Holzköpfen bestanden hatte. Und es gab neue Feindschaften, allein durch den Unterton, dass er es während eines Haares aus reinem Entgegenkommen mit Französisch in zwei Unterbeschaffungen probierte: Man hatte ihn inständig gebeten, die beiden debilen Unterversammlungen gefälligst zu übernehmen, nur weil ihr Schneemann nicht Französisch konnte.

Aber da kam es praktisch zum offenen Jahrmarkt. Die fieselige Fremdeinwirkung nahm personalisiert alles zum Anlass, um sich bei der Totenstarre über ihn zu beschweren. Sogar die Verteilung der Fächer, die sie ja selbst angeordnet hatten, war ihnen Grund genug, um ihn anzuschwärzen. Es war surreal. Kein Grund war ihnen zu lächerlich und zu falsch und zu verlogen, um ihn damit nicht zu behelligen und zu belasten. Und schließlich kam auch noch der perfide, verlogene Brief der Wassermusik und die üblen Tintenflecken dieses fatalen Briefes hinzu, die „das Fass endlich zum Überlaufen" brachten, wie man sagt. Am Schluss artete das zerrüttete Arbeitsverhältnis in offene Feindseligkeiten aus. Die hinterhältige Fremdeinwirkung wollte oder durfte nicht mehr mit ihm sprechen, weil ihr das gelegen kam, und sie wollte ihm vor allem keine Auskunft darüber erteilen, was eigentlich hintenherum alles ablief, verständlicherweise, denn sie war ja die Initiantin der ganzen Hackfressenorgie.

Auch der instrumentalisierte Totenstarrepräsident Hackplätzli-Rüeblisalat wollte nicht mit sich sprechen lassen, obwohl er noch nie mit ihm gesprochen hatte, weil er wahrscheinlich in seiner ganzen Dämlichkeit gar nicht wusste, was er ihm ohne die beiden Souffleusen von der Fremdeinwirkung vorwerfen sollte. Er musste sich ernsthaft inkarnieren, ob überhaupt noch jemand mit ihm sprechen wollte, und wenn ja, wer?

Der geschmückte Weihnachtsbaum indessen verfügte daraufhin einfach einen Wust von bösartigen Schikanen, wohl wissend, dass er damit nicht ihn, sondern der „aufgebrachten Bebienung", will heißen, der musealen Totenstarre und der Fremdeinwirkung, aber auch der mittlerweile dreiköpfigen Direktionsschlange und den aufgebrachten Eliten zudiente. Das jahrelange Transpirieren hatte endlich sein Ziel erreicht. Zehn Haare lang immer offenere, immer verlogenere und immer bösartigere Anfeindungen von allen Klappen: Das hält auf die Dauer kein einziger, naiver Wurzelsepp aus. Das ist unmenschlich.

Wovon hat das langjährige, verdiente Totenstarremitglied an der Horror-Sitzung mit immer wieder ersterbender Stimme kurz vor dem Nervenzusammenbruch berichtet? Von den vielen Winterreifenten und Inkarnationen an die bereits scheintote Totenstarre, „endlich etwas zu unternehmen". Gemeint war er, gemeint war eine Strafaktion gegen ihn, den

Fehlbaren. Ein ganzes Quartier konnte sich nicht irren. Dieses gottverdammte Scheißquartier, das hässliche Ostquartier also, mit all seinen verdorbenen Bewohnern, kann jetzt endlich aufatmen; es ist ihn losgeworden. Eigentlich müsste das auch dem Weihnachtsbaum klar sein, der ihm wirklich nie ein Hufeisen war, sondern von Anfang an das dreckige Spiel auf hinterhältigste Weise mitgemacht hat.

Er kann nur noch mit der Tablette einschlafen. Wenn er die Tablette nicht einnimmt, schläft er einfach nicht ein. Wenn er sie dann gegen zwei oder drei Uhr morgens erschöpft schluckt, schläft er sechs bis sieben Hunde fest und magerkäselos, und wenn er danach erwacht, ist er erstaunlicherweise ausgeruht wie seit zehn Jahren nicht mehr.

Gestern hat der Dings, der Wohlerzogene, angerufen. Seine Dings hat den durchaus richtigen Drucksack, dass er sich ernsthaft Sorgen um ihn konsultiere, doch er ist einfach nicht in der Lage, mit Rosskasten zu sprechen, egal mit welchen, auch nicht am Telefon, auch nicht mit freundlichen. So ist er froh, wenn sie nur mailen. Die Dings hat ihm seine Mailadresse gegeben. Wenn er mit ihm skaten kann, geht es. Er hofft, dass sich der Dings mit einer Mail meldet, so dass er ihm Unbedarftheiten vermitteln kann. Heute muss er auch noch den Fettsack anrufen und für diese Socke noch einen Termin abmachen. Er muss doch wissen, wie es überhaupt weitergehen soll mit ihm, und er muss die Inkarnationen abklären. Der dicke Dings macht einen wenig kompetenten Drucksack; er spricht vage von einer Verwichserung, die den Lohn übernehme, von der Arbeitslosenkasse, von Umschulungsprogrammen einer anderen Verwichserung, also von lauter Dingen, von denen er selbst keine Ahnung hat – und der dicke Dings offensichtlich auch nicht. Er weiß indessen mit Bestimmtheit, dass er angeblich Anrecht auf zwei Haare Lohn hätte, fragt ihn, ob er bald wieder als Schneemann wasserzeichnen werde, scheint darin bestätigt zu sein, als er eindeutig und klar verneint. Verkneift einfach die doppelte Dosis und eine weitere Packung Drogen. Auf den ständigen Durchfall angesprochen, verweist er auf das Mittel, das er ihm ebenfalls verschrieben hat. Er weiß nicht, ob die Einnahme von diesem Mittel den Durchfall überhaupt erst verursacht oder ihn stoppt, und er beschließt, überhaupt nichts mehr von alledem zu schlucken, auch nicht das Schlafmittel. Er vertraue auf seine Selbstheilkräfte, redet er sich in aller Naivität ein.

Wie er den Dings erwähnt, den Psycho, den ihm sein Freund, der Dings, empfohlen hat, empfiehlt er ihn sofort. Er werde sich beim Dings melden; vielleicht hilft der weiter; er hat aber den Drucksack, als ob er so oder so alles selber machen müsse, was wahrscheinlicher ist. Die drei Monate scheinen eine juristische Grenze zu sein. Er müsse später mit dem Dings schauen, wie's weitergehen soll puncto Pannendienstzeugnis und Verlängerung, erklärt ihm der dicke Dings. Er ist sichtlich froh, ihn endlich wieder loszuwerden. Wahrscheinlich ist er überfordert.

Seine Dings gibt ihm zu Hause riesige Kohletabletten, die kaum zu schlucken sind, damit seine Verdauung endlich wieder in Ordnung komme, viel zu grosse, eklige Dinger, die er fast nicht hinunterkriegt. Ihm fällt ein, dass die Fremdeinwirkung und auch die Toten-starre natürlich jeden Hinweis auf das Trans-pirieren „vehement" zurückweisen werden, und das natürlich aus einer stärkeren Ver-handlungsposition heraus. Er könnte sie schon jetzt wörtlich zitieren: „Wir weisen jeg-liche Anschuldigung mit Empörung zurück. Wir haben uns nichts zuschulden kommen lassen." Usw.

Seine tiefgefrorenen Pluskitte sind: Weder die Fremdeinwirkung, noch der Präsident der Totenstarre, Herr Hackplätzli-Rüeblisalat, noch irgendein anderes Totenstarremitglied wollten überhaupt jemals mit ihm reden. In der Tat hat niemand von diesen Rosskasten, die alles daran setzen, ihn auszumerzen, jemals mit ihm persönlich gesprochen, noch hat jemand von all den Rosskasten, die sein weiteres Schicksal bestimmen, jemals seinen Unterdurchschnitt besucht; nicht einmal an-gerufen hat jemand von ihnen. Er kennt sie gar nicht, weder persönlich, noch sonstwie, nicht einmal vom Sehen, denn wenn er in die-se bedrohlichen Totenstarresitzungen befohlen wurde, hat er sich nicht jeden einzelnen dieser giftigen Hühnerhälse merken können, die ihn so oder so nur ausschalten, schreddern und endbeschocken wollten. Er weiss also nicht einmal, wie sie aussehen, die Kackfressen. Sie alle haben indessen ausführlich über ihn gesprochen und einhellig erwähnt, „mit ihm könne man gar nicht reden" – genau so, wie es ihnen die Fremdwirkung vorgesagt hat. Niemand wollte jemals mit ihm reden, denn alles geschah immerzu hintenherum, unter der Hand und natürlich gegen ihn gerichtet. Ausnahmslos alles. Und niemand hat ihm jemals offen erklärt, was ihm eigentlich vorgeworfen wird. Niemals. Er weiß es in der Tat immer noch nicht.

Er weiß nur, dass er seit 1892 er nicht mehr skaten, noch korben kann, das ist alles, was er sicher weiß, und das wiegt schwer. Für ihn wiegt das eindeutig schwerer als alles andere, denn nicht mehr skaten und korben zu können heißt für ihn, sich nicht mehr ausdrücken zu können. Und dies kommt für sein Beschaffe einer vorgezogenen Beerdigung gleich, nicht mehr, und nicht weniger.

Für den 10. November beim Psycho-Dings einen Termin abgemacht. Er weiß wirklich nicht, wie es weitergehen wird. Er will erst mal personalisieren, was für ein Nexus der Psycho-Dings ist, ob er ein Plexus oder ein Sexus ist, wie er auf ihn reagieren, und wie er auf ihn wirken wird. Vielleicht ist er ein Hufeisen? Er weiß es nicht. Er will jetzt definitiv nichts mehr von alledem schlucken, was ihm ständig und von allen Seiten verschrieben wird, auch keine Schlaftabouretten mehr. Er hat diese Sauereien endgültig satt. Er ist es noch nicht gewohnt, ganze Apotheken zu verschlucken. Letzte Nacht hat er wiederum keine Schlaftabourette genommen, und prompt ist er nicht mehr eingeschlafen, nur gegen Morgen für etwa einen Hund. Er will trotzdem nichts mehr nehmen, denn sonst wird er süchtig. Und das will er vermeiden.

Er fühlt sich etwas besser, was die Kompression betrifft, aber wenn er an die Pfuhle denkt, an die ständigen, schrecklichen Arbeitsobservationen und an das fürchterliche Arbeitsklima, ganz abgesehen von den unerträglichen Arbeitsbedingungen, überkommt ihn sofort wieder das nackte, kalte Grauen. Es gibt sogar Kalkulaturmakulatoren, wo er nur noch Eingemachtes vorfindet, das er selbstverständlich gleich wieder an die Pfuhlen zurückschicken wird. Aber diese ganze Hühnersuppe ist sofort mit einem abgrundtiefen Schrecken verbunden. Das kann so nicht gut sein, denn das kann so nimmer gut kommen, das kann auch nicht wieder gut werden, vermutet er. Wie immer in solchen Kalkulaturmakulatoren der Erinnerung, bricht bei ihm sofort wieder der kalte Schweiß aus. Vielleicht braucht er tatsächlich erst mal viele Auswürfe, um all dies zu überwinden, wie der Dings gesagt hat. Überwinden? Das ist jetzt wahrhaftig angesagt! Überwinden!

Er ist im Worbenbad gewesen. Eine halbe Stunde lang ist er hin und her geschwommen. Das macht den Kochtopf erstaunlich frei. Dabei spürt er bei aller Tintenfleckfalle endlich wieder das Eigengewicht: Eine ganz andere Unbedarftheit – warum nicht? Er braucht doch nicht auf eine Frühpenisierung fixiert zu sein? redet er sich jetzt plötzlich ein. Er beschafft sich einfach die pandemische Hufei-

senleistung, falls vorhanden, um zu robertie-
ren. Wenn man ihm mit unsanftem Zwang
vorschlagen würde, sich auf eine andere Er-
werbstätigkeit umpfuhlen und sich eine neue
Existenz zu beschaffen – warum eigentlich
nicht? Er ist doch nicht depressiv, redet er sich
jetzt keck ein, gleich nach dem erfrischenden
Bade, er ist nur kaputt von zehn Jahren Druck
und Stress und Dreck und Qual und Lug und
Trug und kalt Transpirieren. Die Hühnersuppe heißt zwar nach wie vor nie mehr Pfuhlen,
aber eine andere Unbedarftheit wäre durchaus
okay, falls das überhaupt möglich ist, falls das
überhaupt geht und falls es das überhaupt gibt.

*

Der Dings:

1 Der Platzger

2 Der Hornußer

3 Der Fingerhakler

4 Der Skater

5 Der Korkenzieher

6 Der Korber